S. L. Portengates

Crime-Prediction
Big Data weiß, was du vor hast

Ein Techno-Roman

Bibliografische Information der Deutschen Nationalbibliothek:
Die Deutsche Nationalbibliothek verzeichnet diese Publikation in der Deutschen Nationalbibliografie; detaillierte bibliografische Daten sind im Internet über http://dnb.dnb.de abrufbar.

© 2016 S. L. Portengates
Umschlagbild: © Bits and Splits – Fotolia.com
Herstellung und Verlag:
BoD – Books on Demand, Norderstedt
ISBN 978-3-7412-5404-8

Über das Buch:
Viele nennen den Informatiker Mint arrogant und selbstgefällig. Er hält sich für unverblümt ehrlich und hilfsbereit. Wie lernt jemand sonst aus seinen Fehlern, wenn Mint ihn nicht darauf hinweist? Mint verbringt seine Zeit meist mit Online-Spielen und finanziert sich, indem er Fehlerursachen und Sicherheitslücken in Softwaresystemen findet. Sein Leben ist toll, bis eine Crime-Prediction-Software voraus sieht, dass er einen Mord begehen wird und er fliehen muss. Bei dem Versuch, seine zukünftige Unschuld zu beweisen, deckt Mint einen skrupellosen Missbrauch von Big Data auf.

Über die Autoren:
S. L. Portengates ist das Pseudonym von zwei Personen, die produktive soziale Verbindungen schätzen und gerne Fehler in Systemen suchen, um deren Funktion zu optimieren. Diesen Techno-Roman haben sie aufgrund der Freude am Schreiben und Programmieren verfasst.

Hinweis:
Alle in diesem fiktiven Roman vorkommenden Personen, Schauplätze, Ereignisse und Handlungen sind frei erfunden. Ähnlichkeiten mit realen Ereignissen, lebenden oder toten Personen sind rein zufällig.

1. Tag
09:58 Uhr

Durch die Windschutzscheibe meines Geländewagens sehe ich den Mann in fünf Metern Entfernung vor mir stehen. Der Typ ist eine Mischung aus Anabolika-Bodybuilder und Surfer-Boy: Hantelbank-Muskelmasse in schwarzem Lederoutfit trifft auf blonden Lockenschopf mit Seitenscheitel. Völlig lächerlich. Aber rechts und links hält er zwei Schrotflinten in den Händen.

Wenn ich nicht handle, wird mir dieser Muskelprotz-Schönling in wenigen Sekunden die Rübe wegblasen.

Jetzt muss alles schnell gehen: Ich greife mein Sturmgewehr vom Beifahrersitz, öffne die Fahrertür, springe aus dem Wagen raus, rolle mich auf dem staubigen Boden ab und renne, von Schrothagel begleitet, hinter eine eingestürzte Mauer in Deckung.

Piep. Piep. Piep.

Oh nein! Nicht jetzt!

Sobald ich diesen Typen erledige, werde ich Level 42 erreichen. Ich war diesem Möchtegern-Actionheld auf einer Convention begegnet. In der Realität ist er ein 1,49 Meter kleiner, schlaksiger 16-jähriger Junge mit Hornbrille, der lispelt.

Völlig unscheinbar.

Aber hier im Online-Spiel scheint er unbesiegbar. Es geht das Gerücht um, dass er das Spiel gehackt und seine Spielzüge modifiziert hat. Der Typ? Bestimmt nicht. Der könnte nicht mal einen Baby-Bug fixen, wenn man ihm die Lösung direkt in den Code kopierte[1].

Piep. Piep. Piep.

Ach, scheiße! Wer ruft mich um zehn Uhr morgens an? Um so eine Uhrzeit melden sich in der Regel nur Personen, die mit mir eine für mich unproduktive soziale Verbindung eingehen möchten. Wie zum Beispiel Abonnement-Verkäufer oder One-Night-Ladies, die den versäumten Kaffee nachholen wollen.

Piep. Piep. Piep.

Meine Mailbox meldet sich: »Da ich nicht dran gehe, habe ich schlussfolgernd besseres

---

[1] Ich spreche hier nicht von Baby-Käfern oder Drogenkonsum. Sondern: Es geht das Gerücht um, dass er auf nicht ganz legale Weise das Spiel zu seinen Gunsten geändert hat. Der könnte aber nicht mal einen Fehler in Software-Programmen beheben, wenn man ihm die Lösung direkt vorlegte. Noch immer nicht verstanden? Besser nicht mehr weiter lesen. Aber bloß nicht meine Gedankengänge wegwerfen, sondern jemanden geben, der davon etwas versteht. Ja, solche Personen gibt es.

zu tun. Wenn ich nicht zurück rufe, dann liegt das daran, dass ich mit Arschlöchern nichts anfangen kann.«

Ich lebe zeitlich meistens asynchron zu anderen Menschen. Oder besser gesagt: Ich habe keinen von der Uhrzeit versklavten Rhythmus. Ich gehe schlafen, wenn ich müde bin und stehe auf, wenn ich wach werde. Manchmal – wie die letzten Nächte – schlafe ich auch gar nicht.

Piep. Piep. Piep.

Auf jeden Fall ist es eine hartnäckige Person, die auch das Anspringen der Mailbox nicht als Zeichen ansieht, mich in Ruhe zu lassen.

Piep. Piep. Piep.

OK. So lästig ist nur mein Chef. Ich lasse den Controller mit einer Hand los, schalte das nervig piepsende Headset in meinem Ohr an und nehme den Anruf entgegen.

»Was gibt's?«, brülle ich, beide Hände wieder am Controller und konzentriere mich auf das Geschehen auf meinem Monitor.

»Timmy, ich habe einen neuen Auftrag für dich«, sagt, wie von mir geahnt, mein Chef Harald.

»Nenn mich nicht so. Du weißt, wie sehr ich das hasse«, schreie ich. Warum musste mich meine beknackte Mutter – möge sie in Frieden ruhen – nur so nennen?

Ich war als Frühchen zur Welt gekommen und wurde von meiner Mutter passend zu meinem schmächtigen Körper nicht Thomas, sondern Timmy gerufen. Süß für ein Baby, aber danach einfach nur peinlich.

»Also Mint«, Harald räuspert sich, »der Auftrag sollte nicht länger als einen Tag dauern. Nimmst du ihn an oder nicht?«, fragt er und nutzt meinen neuen Namen.

Mint hatte ich mich mit 17 Jahren selbst genannt. Mein Stiefvater war mal wieder voll gelaufen gewesen und trat gegen den Kopf meiner Mutter, die zugedröhnt mit einer Nadel im Arm[2] vor dem Sofa lag.

Mein leiblicher Vater?

Der ist an einem Gehirntumor gestorben, bevor ich geboren wurde. Wahrscheinlich ist meine Mutter mitunter deshalb den Drogen verfallen. Die Realität hat sie fertig gemacht und Drogen nahmen ihr den Schmerz.

Klingt nach der typischen Folge einer Drama-Serie, in der ein vernachlässigtes, verängstigtes Kind gerettet wird?

Scheiße ja.

---

2   Hier spreche ich nun tatsächlich von Drogen. Meine Mutter war abhängig und ich dadurch scheiße dran. Ja, deshalb konsumiere ich keine Drogen. Nein, ich habe keinen Er-hatte-eine-schlechte-Kindheit-Komplex. Wer das jetzt bezweifelt, der schiebe sich seine Meinung gefälligst da hin, wo nur ein Proktologe herein sieht. Genau: ganz tief in den Arsch.

Aber ein hilfloses Kind war ich vor vier Jahren schon lange nicht mehr.

In meiner Wut packte ich meinen Stiefvater mit beiden Händen kräftig an den Schultern und riss ihn von meiner Mutter weg, wobei ich im Fallen mein Knie mit voller Wucht in seinen Rücken rammte.

Ein perfekter Kick. Meine Vorliebe für Wrestling-Spiele kam mir damals sehr gelegen.

Danach war ich nicht mehr der kleine Timmy.

Mein Stiefvater kam mit Rückenschmerzen ins Krankenhaus und danach in den Knast. Ich blieb frei, da mein Kick als Notwehr eingestuft wurde.

Von da an war ich auf mich allein gestellt, denn meine Mutter überlebte ihre Verletzungen nicht. So ein Ende hatte keiner, erst recht nicht meine Mutter verdient. Sie war, wenn sie sich nicht zu dröhnte, eine sehr liebevolle Frau gewesen, die immer ein offenes Ohr für meine Probleme hatte. Eigentlich für die Probleme aller. Das wurde ihr zum Verhängnis. Denn sie war zu liebevoll und zu hilfsbereit gewesen.

Mein Stiefvater war nicht der erste Mann in ihrem Leben mit Alkoholproblemen und ohne Job, dem sie helfen wollte.

Mir hatte meine Mutter – die in guten Zeiten als Krankenschwester gearbeitet hatte – immer eingebläut, die Finger von Drogen zu lassen, selbst von Alkohol und Zigaretten. Aber warum hatte sie sich nicht selbst daran gehalten?

In ihren klaren Momenten versprach sie mir, clean zu werden, da sie nur mich, ihren kleinen Timmy liebte und zum Leben brauchte. Doch ihre Sucht war stärker als ihre Mutterliebe.

Nach ihrer Beerdigung hatte ich mir Zutritt zu der Software des Gefängnisses beschafft und den Namen eines zum Tode verurteilten Häftlings mit dem meines Stiefvaters ausgetauscht. Es war mein erster ernster Computer-Hack. Zum Üben habe ich mich mehrmals in Krankenhaus-Systeme gehackt. Total easy-peasy. Denn Krankenhäuser haben die wohl am schlechtesten gesicherten Software-Systeme. Da ist es weitaus schwieriger, ein Online-Shop-Konto zu knacken.

Aber auch ins Gefängnis-System zu gelangen war nicht ansatzweise so schwer, wie ich geglaubt hatte. Da ein Wachmann ein paar Jahre zuvor von einem Häftling mit einem Kabel erwürgt wurde, hat der Gefängnisleiter beauftragt, sämtliche Netzwerkinfrastruktur[3]

---

3 Für Dilettanten, also Personen, die diese Fußnote lesen müssen, um mir folgen zu können, drücke ich es sehr einfach aus: Über eine Netzwerkinfrastruktur kommunizieren Geräte untereinander. Immer noch zu schwer? Sorry,

auf kabellose Technik umzustellen. Ins Internet gelangten sie seitdem über WLAN.

Natürlich verschlüsselt und laut der stümperhaften Software-Bude namens *Bytes and Blondes* total sicher.

Ein 32-bit-Key ist super, wenn die scharfe Brünette von letzter Nacht auf gar keinen Fall will, dass euer Sexvideo online geht.

Wenn dein PC doch gehackt wird?

Oops. Die Verschlüsselung wurde mir von einem Experten empfohlen. Echt jetzt.

Kurz: Es war total einfach, das Gefängnis-System zu knacken. Erst recht mit so einem miesen Krypto-Algorithmus. Und ich brauchte dafür selbst kaum einen Finger rühren. Ich habe einen Jungen, der sich in den Schulferien was dazu verdienen wollte, mit einem Notebook in die Nähe vom Gefängnis gesetzt und die Netzwerkpakete des Knasts mit sniffen lassen.

Danach besuchte ich ein paar Kumpels an der Universität.

Studiert habe ich zwar nicht – ich eignete mir mein Wissen unter realen Bedingungen selbst an – trotzdem bin ich an der Uni mit ein paar Leuten befreundet. Die meisten sind Langzeitstudenten, die gerne ein paar Credits[4]

---

trivaler geht es nicht. An Volkshochschulen gibt es Kurse, in denen man lernt, einen Computer einzuschalten. Nur so ein Tipp nebenbei.

dazu verdienen und mir so ab und zu behilflich sind.

Während ich gegen ihren neu entwickelten Schach-Computer spielte, habe ich nebenbei die gesnifften Netzwerkpakete ins leistungsstarke Rechenzentrum der Universität hochgeladen und ausgewertet. Ein paar amüsante Stunden später lagen in meinem Mailpostfach die Zugangsdaten für das Netzwerk des Gefängnisses, ein paar valide MAC-Adressen sowie eine Handvoll Benutzernamen mit Passwörtern.

Damit war es leicht, meinen Computer als gefängnisinternen Rechner auszugeben und mich mit dem Benutzernamen und dem Passwort eines Wächters[5] einzuloggen, um die Datenbank-Einträge zu ändern[6] und somit den Namens meines Stiefvaters mit dem eines anderen Mörders auszutauschen.

Mein Plan hätte klappen können, hätte sich ein bürokratischer Sesselpupser nicht genau am Hinrichtungstag dazu entschieden, zu

---

4   Eine virtuelle Währung.

5   Die Wächter gehören zu der staatlichen Behörde, die in der Stadt für die Einhaltung der Gesetze sorgt.

6   Zu kompliziert? Das wundert mich nach Fußnote 3 nicht. Also ganz simpel gesagt: Da die Gefängsnissoftware schlecht gesichert war, konnte ich nach Lust und Laune die Namen austauschen.

arbeiten. Die *Verwechslung* wurde bemerkt und mein Stiefvater behielt seine lebenslängliche Haftstrafe. Aber das eingeschleuste Gerücht, dass er am liebsten kleine Mädchen mochte, verschaffte mir doch noch Genugtuung. Mein Stiefvater starb wenige Tage später bei einer Messerstecherei.

Doch anders als erwartet verschwand durch seinen Tod der Schmerz über den Verlust meiner Mutter nicht. Wenn der Himmel von dunklen, grauen Wolken verhangen ist und es regnet, vermisse ich meine Mutter am meisten. *Die Engel weinen um all die guten Menschen, denen in unserer Welt von anderen ein Leid angetan wird*, höre ich ihre sanfte Stimme sagen, wenn Regentropfen gegen mein Fenster prasseln.

Nun weint sie wohl auf einer Wolke sitzend über sich selbst.

Genug von der gefühlsduseligen Vergangenheit.

Zurück ins Jetzt.

Hastig schaue ich im Spiel hinter der Mauer hervor, schieße mein Sturmgewehr leer und verstecke mich wieder, als nun mir die Patronen um die Ohren fliegen.

»Worum geht's?«, frage ich Harald wenig interessiert. Einen ganzen Tag lang arbeiten? Nicht so mein Ding.

»Das System von einem unserer Kunden stürzt unerklärlicherweise immer wieder ab. Du musst den Kunden vor Ort betreuen.«

»Hmm.« Gebannt schaue ich auf meinen Monitor, lade meine Waffe nach und warte den nächsten Angriff meines Gegenspielers ab.

Vor meinen Füßen landet eine Handgranate. Mist!

Sie explodiert und zerreißt mich.

Game over erscheint auf dem Bildschirm, untermalt von einem hämischen Lachen.

»Lachst du mich aus? Du willst dir wohl einen anderen Job suchen?«, brüllt Harald.

»Sorry. Klar nehme ich deinen verlockenden Auftrag an«, sage ich überschwänglich. Ich brauche sowieso mal wieder ein paar Credits[7].

»Junge, sei nicht so selbstgefällig. Wenn du nicht ...«

»Ja, ja. Wenn ich nicht der Beste wäre den du hättest«, unterbreche ich Harald. Immer wenn meine Kollegen nicht weiter wissen, fragt er mich um Hilfe. Sobald sich das geistige Vakuum zu weit in der Firma ausdehnt, habe ich viel zu tun, aber auch viele Credits. Brauche ich in diesen

---

7   Nur wenn ich Credits auf mein Konto überwiesen bekomme, kann ich mir alles, was ich so zum Leben brauche, kaufen. Also bin ich gezwungen hin und wieder zu Arbeiten, um Credits als Lohn zu erhalten. Ich hab es echt nicht leicht.

arbeitsintensiven Phasen mehr Freizeit, tue ich einfach so, als hätte ich das Problem noch nicht gelöst. Das ist das Schöne am Aufdecken von Sicherheitslücken und Fehlern in Systemen: Kaum jemand kann einschätzen, wie lange es wirklich dauert.

»Aber warum soll ich dort hin fahren? Ich kann den Auftrag genauso gut von meinem Computer aus erledigen.« Und nebenbei ein Online-Spiel zocken.

Harald atmet hörbar aus und sagt mit einem zickigen Unterton: »Klar würde dir das gefallen. Aber die Firma des Kunden ist eine Wirtschaftsauskunftei[8], die aus Sicherheitsgründen einen stark eingeschränkten Internetzugang hat.«

»OK. Schick mir einfach wie immer die Anweisungen auf meine Datenuhr.«

Harald brummt, was ich als ein Ja deute, und ich lege auf.

Ich schließe das Spiel und scrolle mich durch eine Liste von Videos.

---

8   Eigentlich bin ich Informatiker, aber zum allgemeinen Verständnis erkläre ich den Begriff *Wirtschaftsauskunftei:* So nennt man ein Unternehmen, das wirtschaftliche Daten über Privatpersonen und Unternehmen sammelt. Dort kann zum Beispiel eine Bank erfragen, ob ihr künftiger Kunde kreditwürdig ist. Nur damit es klar ist: Ich erkläre im weiteren Verlauf nicht jeden Pups. Dafür gibt es Wörterbücher.

Nur da Harald kurzfristig einen Auftrag von mir erledigt haben will, bedeutet das ja noch lange nicht, dass ich sofort los gehe.

Ah! Diesen Beitrag wollte ich mir schon letztens ansehen, aber der Spielemarathon hat mich davon abgehalten. Ich starte das Video, das meinen Oberboss Josh Cettanight vor einem Fabrikgebäude zeigt:

»Josh Cettanight, der Besitzer der größten Software-und Robotik-Firma Cettanight Enterprises eröffnet heute mit dem Bürgermeister die neue Poststelle in unserer Stadt, die zur Hälfte von Drohnen und Robotern geführt wird.« Die Journalistin in einem eng anliegenden roten Kostüm streicht sich das vom Wind zerzauste blonde Haar aus dem Gesicht, das ihr fast bis zu ihrem knackigen Po reicht.

»Herr Cettanight, interessiert es Sie überhaupt, dass zahlreiche Postangestellte ihren Arbeitsplatz verlieren oder sind Sie nur auf Ihren eigenen Vorteil aus? Immerhin wollen weltweit Postkonzerne die neue Technik von Cettanight Enterprises erwerben«, fragt die Journalistin und hält Josh Cettanight das Mikrofon vor sein ovales, sonnengebräuntes Gesicht. Cettanight lässt sich auch heute einen Drei-Tage-Bart stehen. Er hat hellbraune kurze Haare, die so wuschelig sind, als wäre er gerade aus dem Bett gestiegen. Dennoch sieht seine Frisur gewollt aus. Im Kontrast dazu trägt er stets einen schwarzen Anzug mit einem weißen Hemd und einer schmalen schwarzen Krawatte. Dieser Kleidungsstil ist zwar nichts für mich, aber Cettanight ist einfach ein cooler Typ. Bereits mit 32 Jahren ist er in seiner Branche unschlagbar. Genau wie ich hat er die Schule abgebrochen und sich sein Wissen selbst angeeignet.

Zunächst hatte ich mir als Jugendlicher Taschengeld mit einfachen Programmieraufträgen verdient. Bald fand ich heraus, dass es deutlich lukrativer war, nicht ganz legale Aufträge anzunehmen. Ich hatte mehr Credits, als wenn ich nach einem Studium bei einer Software-Firma gearbeitet hätte und so blieb die Motivation aus, weiter irgendeine Schulbank zu drücken. Nur Cettanights Angebot für eine Festanstellung auf Stundenbasis[9] hat mich dazu gebracht, meine Freiheit in der Wahl der Aufträge einzuschränken.

»Ich verstehe Ihre Kritik.« Cettanight zeigt mit seinem stets einnehmenden Lächeln seine perfekt weißen Zähne. »Zwar haben einige Postangestellte vorerst ihren Job verloren. Aber genau wie bei anderen Firmen, die mit

---

9 Für kein Geld der Welt würde ich mich für 40 Stunden und mehr in ein Büro mit anderen Job-Hamstern quetschen. Ich brauche meinen Freiraum und meine selbstgewählte Freizeit.

Hilfe der Roboter und Drohnen effizienter arbeiten, erhalten alle gekündigten Mitarbeiter einen Job bei Cettanight Enterprises. Wir haben ein Umschulungsprojekt entwickelt, dass auf lange Sicht gesehen wieder neue Arbeitsplätze schafft.« Cettanight sieht die Journalisten mit seinen braunen Augen überlegen an.

»Das ist ja sehr löblich von Ihnen. Dennoch sind Sie meiner Frage teilweise ausgewichen. Letztendlich nutzt die Einführung von Drohnen und Robotern doch nur Ihrer Firma, die dadurch am weltweiten Markt immer mehr Platz einnimmt«, hakt die Journalistin nach und schürzt ihre rot geschminkten Lippen.

»Natürlich will ich als Unternehmer erfolgreich sein. Aber *letztendlich* nutzen Roboter und Drohnen uns allen.« Cettanight streckt seine Arme in Richtung der Kamera so aus, als wolle er jeden Zuschauer mit einbeziehen und sieht direkt in die Linse. »Sie führen effizient und ohne niedere Ablenkungen ihre Aufgaben aus. Das ist ein optimiertes Arbeiten, von dem wir Menschen nur lernen können.«

»Also wollen Sie, dass die Arbeiter wie Maschinen handeln?«

Cettanight steckt seine Hände lässig in die Hosentaschen und sieht wieder die Journalistin an. »Ich will, dass sie mit Maschinen zusammen arbeiten. Roboter kennen nicht das

Gefühl der Müdigkeit oder Faulheit. So stellen sie eine erstklassige Ergänzung zum denkenden Menschen dar. Und diese Zusammenführung ermöglicht effizienteres Arbeiten.«

»Also sind wir Menschen zu faul, zu müde und damit einfach austauschbar?«, fragt die Journalistin aufgebracht und verschränkt die Arme unter ihrer üppigen Oberweite. Es ist gar nicht so einfach ihren Fragen zu folgen.

»Ich halte den Sachverhalt für komplexer. Ich möchte mit meinen Maschinen das Potenzial der Menschen erhöhen. Austauschen möchte ich nur Fehlerquellen und keine Menschen. Ich sehe die Maschinen als Werkzeug für den Menschen. Vor hunderten von Jahren war es der Hammer, der dem Arm zu mehr Leistung verholfen hat. Nun sind es Roboter und Drohnen. Der Hammer hat ja auch nicht den Handwerker ersetzt.«

Cooler Vergleich. Josh Cettanight weiß, wovon er spricht.

An meinem linken Handgelenk vibriert meine Datenuhr, die ich mit meinen Fingern bedienen kann[10]. Diese technische

---

10 In der Datenuhr nehmen sehr empfindliche Elektroden die in den Muskelzellen erzeugte elektrische Spannung an der Hautoberfläche wahr und erkennen so den Befehl, den ich durch die Fingerbewegung aufrufe. Diese Technik wird auch für Prothesen genutzt. Josh Cettanight will die

Errungenschaft habe ich direkt nach der Einstellung von Cettanights Bio-Technik-Abteilung bekommen. Außerdem erhalte ich jedes Jahr ein weiteres Monatsgehalt, da ich an der Testreihe teilnehme. Mehr Credits, nur indem ich eine Hightech-Uhr an meinem Handgelenk trage? Gerne!

    Ich ziehe den kleinen Finger an. Dadurch zeigt mir die Datenuhr mein Auftrags-Ticket und ich lese die Nachricht von Harald, während ich den Monitor ausschalte. Ich verstehe die Kritik an Cettanight nicht. Durch seine Innovationen hat sich die ehemalige Kleinstadt in eine angesagte Metropole entwickelt und Tausenden Arbeit verschafft.

    Jetzt aber los: Es ist Zeit zum Credits verdienen. Manchmal kann auch ich nicht anders als meine Bedürfnisse zeitlich festgelegten Terminen zu unterwerfen. Wie zum Beispiel zeitnah einen Job zu erledigen.

    Ich greife in die Chipstüte auf meinem Schoß und stopfe mir eine handvoll *Crunchy-Fire-Chips* in den Mund.

    Bäh! Die Chips sind im Laufe der Nacht weich geworden. Ich spüle mit einem Schluck lauwarmem Softdrink die breiige Masse hinunter und stehe aus meinem Ledersessel – eine Kombination aus Gamestation, Schreibtisch und Massagegerät – auf.

    Datenuhren in ein paar Jahren zu einem guten Preis für Jedermann anbieten.

Ich wische mir Chipskrümmel von meinem schwarzen Shirt mit der weißen Aufschrift *Hallo Welt!*[11], ziehe meine Boxershorts aus und greife mir aus einer Schublade eine schwarze Unterhose, auf der ein Gnom den Mittelfinger ausstreckt[12]. Dann schlüpfe ich in eine Jeans, die noch ganz passabel riecht und ziehe mir Socken an, die praktischerweise noch in meinen blau-gelben Sneakers stecken.

Waschtag ist erst in zwei Tagen, wenn meine sauberen Klamotten aufgebraucht sind oder wenn ich wie ein Kadaver stinkend die Wohnung verlassen müsste.

Beim Blick in den Spiegel neben der Wohnungstür klagen mich die dunklen Ränder unter meinen grünen Augen an, die letzten Nächte besser nicht durch gezockt zu haben.

Egal.

Ich streiche mir mit den Fingern durch mein kurzes braunes Haar, verlasse viel zu früh an diesem Morgen mein Zwei-Zimmer-Appartement und fahre mit dem Fahrstuhl runter in den Hausflur.

---

11 Noch etwas weiter lesen. Die Handlung des Gnoms ist für alle gedacht, die glauben, dass mein Shirt nicht super cool ist und die Aufschrift für zwei unbedeutende kleine Wörter halten.

12 Beleidigt wegen dem gezeigten Stinkefinger? So soll es sein. Diese Wirkung wollte ich bei allen inkompetenten Personen erzielen, die nicht die Bedeutung von *Hallo Welt!* zu schätzen wissen.

1. Tag

10:37 Uhr

Als sich die Haustür öffnet und ich aus dem kühlen Flur auf die Straße trete, trifft mich schlagartig die schwüle Sommerluft, die sich an besonders heißen Tagen zwischen den Hochhäusern staut.

Bevor Josh Cettanight seine Firma ausgebaut hatte, war dieser Ort eine Kleinstadt mit zahlreichen Einfamilienhäusern mit Vorgarten. Immer mehr Leute kamen durch ihren Job bei Cettanight Enterprises in die Stadt, und so verdrängten die Hochhäuser die kleinen Häuschen.

Ich gehe die von Hausfassaden gesäumte Straße etwa tausend Meter runter, an dessen Ende mein Auto in einem Parkhaus steht. Mehr Menschen brachten auch mehr Autos in die Stadt und so wurden Parkplätze zur Mangelware. Da es in der Vergangenheit zu viele Einsätze der Wächter gab, die zwischen streitenden Parkplatzsuchern schlichteten, ist es verboten, Fahrzeuge am Gehsteig zu parken.

Ich betrete das nach Orangenblüten duftende Treppenhaus des Parkhauses – eine Duftinstallation für mehr Wohlfühlatmosphäre

– und gelange über zwei Treppen zum Parkdeck II, auf dem sich mein Auto auf einem von meinem Arbeitgeber gestellten Parkplatz befindet. Der hellgrüne Elektro-Zweisitzer wird mir auch von Cettanight Enterprises zur Verfügung gestellt.

Es ist toll, ich zu sein!

Zumindest meistens. Denn heute gehe ich viel zu früh wieder arbeiten. Ich weiß, dass ich das bereits erwähnt habe. Aber es ist so viel zu früh, dass ich es nicht oft genug wiederholen kann.

»Öffne Fahrertür.« Das Auto erkennt meine Stimme und lässt die Schiebetür nach hinten aufgleiten.

Es ist schon komisch: In der Entwicklung von der Kutsche bis zum Auto dominierten Schwenktüren. Dann haben sich Techniker an das automatisierte Öffnen der Türen begeben und sind auf das Problem der Hindernis-Erkennung gestoßen. Verbeulte Autotüren und verletzte Fahrradfahrer waren die Folge, da die Nutzer auch das Denken der Technik überließen. Anstatt die Hindernisse von der Software erkennbar zu machen, haben die Entwickler Schiebetüren eingebaut. Ich hätte es viel spannender gefunden, das Problem in der Software zu lösen.

Auch die Gesundheits-App[13] auf meiner

---

13 *App* die Abkürzung für den technischen Fachbegriff *Applikation*. Es ist stark vereinfacht gesagt ein

Datenuhr reagiert auf die Tatsache, dass ich mit dem Auto fahren will: »Gestern sind Sie 468 Schritte gegangen. Steigern Sie Ihre Fitness und gehen Sie heute zu Fuß«, sagt die weibliche Comuputerstimme.

Ich ignoriere den Kommentar meiner Datenuhr, schalte den Sprachmodus aus und setze mich ins Auto. Dort übertrage ich von meiner Datenuhr die Anschrift des Kunden auf mein Navigationsgerät.

»Fahr zum Zielort.« Während das Auto wie ein Kätzchen schnurrend aus dem Parkhaus raus fährt, denke ich sehnsüchtig an die gefährlich röhrenden Motoren aus meinem Lieblings-Autorennspiel. Da darf ich auch selbst lenken. Aber auf den realen Straßen ist das nicht erlaubt. Die Automatikfunktion ist zuverlässiger und sicherer als menschliche Fahrer. Seit Cettanight Enterprises die Technik weiter entwickelt und in alle Autos als Standard eingebaut hat, sind die Verkehrsunfälle in dieser Stadt um 98 Prozent zurück gegangen.

---

spezielles Computerprogramm. In diesem Fall ist es eine App, die überall meine gesundheitliche Verfassung bewertet.

1. Tag

11:02 Uhr

Mein Auto parkt in einem Parkhaus in der Nähe der Firma des Kunden. Ich verlasse das Parkhaus und gehe auf das Gebäude der Wirtschaftsauskunftei zu. Vor mir ragen zwei je 30 Meter hohe Tower aus Stahl, die über ein halb so hohes rechteckiges Gebäude mit Glasfassade miteinander verbunden sind, in den wolkenlosen Himmel. Mittig auf dem Rechteck steht ein zwei Meter hohes und breites Logo der Firma: Ein filigranes ∞ [14] aus dunkelblau lackiertem Metall.

In der Eingangshalle kommt ein breit grinsender Mitarbeiter der Auskunftei auf mich zu und streckt mir seine Hand zum Gruß entgegen. Seine Zähne sind gelblich, wahrscheinlich von zu viel Kaffee oder Zigaretten in Kombination mit einer schlechten Mundhygiene. Er ist einen Kopf größer als ich, trägt zu dunkelgrünen Shorts ein gelbes kurzärmeliges Hemd auf dem in der Mitte ein Bild von einer Ananas gedruckt ist. Seine nackten, blassen Füße stecken in

---

14 Für alle, die mit Fingern rechnen: Das ist das mathematische Symbol für Unendlichkeit.

hellgrünen Sandalen mit Klettverschluss. Seine ausgestreckte Hand schwebt vor mir in der Luft. Ich reagiere nicht so, wie er es anscheinend auch noch nach dreißig Sekunden erwartet. Denn meine Hände bleiben lässig in meinen Hosentaschen verstaut. Warum sollte ich seine Hand anfassen? Seine Haltung ist schlaff, seine Schultern hängen herunter, sein Rücken ist leicht gebeugt. Sicherlich fühlt sich sein Händedruck so an, als würde ich einem Pudding zum Gruß die Hand reichen: weich und schwabbelig. Selbst wenn seine Hand nicht so sein sollte wie ich sie mir vorstelle, ist Händeschütteln nur eine gesellschaftliche Konvention, die Höflichkeit und gegenseitigen Respekt ausdrückt. Ich bin aber nicht hier, um höflich zu sein, sondern um das fehlerhafte System zu reparieren. Respekt hätte ich, wenn es hier keine Bugs gäbe.

Der Mitarbeiter resigniert und lässt seine Hand sinken. »Sie müssen Herr Baystrawn sein. Mein Name ist Siegfried Gurdmacher. Herzlich Willkommen.« Wenn Siegfried spricht, kommen nur seine unteren Schneidezähne zum Vorschein.

»Was ist, wenn ich nicht Herr Baystrawn bin?«

Siegfried grinst dümmlich.

»Wollen Sie meine Identität nicht überprüfen?«

Kurze Pause. Siegfrieds Synapsen im Gehirn kombinieren noch.

»Doch. Doch. Natürlich«, sagt er schließlich und begleitet mich zum Empfangstresen. Dort hält mir die Empfangsdame ein Gerät für Fingerscanns hin. Der Scann bestätigt, dass ich Herr Baystrawn bin.

»Was wäre, wenn ich falsche Fingerabdrücke nutze?«

»Sie sind aber ein Scherzkeks, Herr Baystrawn«, erwidert Siegfried und fährt sich mit einer Hand durch sein dünnes blondes Haar, das an den Schläfen Geheimratsecken hat.

Ich gebe es auf. Was bringt es, wenn ein Informatiker das sicherste System auf der Welt programmiert, wenn es solche Mitarbeiter gibt? Ich könnte auch spontan einen Mann auf der Straße ansprechen, ihm ein paar Credits versprechen und ihn mit einem USB-Stick[15] in diese Firma schicken.

Wir fahren mit einem Fahrstuhl hoch in das dritte Obergeschoss und dort führt mich Siegfried in ein Büro. Im dreißig Quadratmeter großen Raum stehen vor einer fast wandbreiten Fensterfront zwei großzügige Schreibtische aus weiß lackiertem Holz.

---

15 Der dämlich grinsende Siegfried weiß bestimmt auch nicht, welche Sicherheitslücken ein modifizierter USB-Stick ausnutzen und welchen Schaden er anrichten kann.

An einem der Tische sitzt ein Kollege von mir vor einem Notebook. Er ist ein dürrer, hochgewachsener Typ, der seine dicken schwarzen Haare mit scheinbar einer ganzen Tube Haargel in Wellen nach hinten legt.

Wie heißt der noch gleich? Eigentlich auch nicht wichtig. Ich nenne ihn einfachhaltshalber *Depp*, das passt immer. Ich habe ihn ein Mal bei einem Meeting gesehen. Die gesamte Zeit über hat er an seiner Nagelhaut gekaut. Das macht er gerade auch.

Als Depp mich erkennt und zu sich winkt, schlurfe ich missmutig zu dem Stuhl den er mir anbietet und setze mich neben ihm auf einen weißen Schreibtischstuhl aus Plastik.

»Hallo Mint, toll, dass wir beide mal zusammen arbeiten. Ich habe schon mit anderen Kollegen an diesem Projekt gearbeitet und das hat immer wunderbar geklappt. Wir beide sind bestimmt ein super Team«, sagt Depp voller Vorfreude und lächelt dümmlich.

»Hallo«, presse ich genervt hervor. Ich will hier weg. Denn ich finde Depp jetzt schon nervtötend. Er gehört wie Siegfried zu den gekünstelt gut gelaunten Leuten, die mit ihrer übertriebenen Freude ihre Unzulänglichkeiten überdecken wollen.

Wenn sie einfach mal ihre Fehler erkennen würden, könnten sie daran arbeiten. Daher sage ich: »Ich bin hier, da du und dein tolles Team es nicht geschissen bekommt, den Fehler zu finden. Und da *du* immer Teil des Teams warst, habe ich jetzt schon einen Bug entdeckt.«

Depp schaut wie ein Depp. Sag ich doch: Passt immer.

Siegfried schaut Depp mitleidig an und wippt neben uns stehend mit seinen Füßen auf und ab.

»Ich soll also die Fehlerquelle finden. Was passiert, wenn der Fehler auftritt?[16]«, frage ich Siegfried.

Aber Depp antwortet: »Die Auskunftei sammelt persönliche Daten von Konsumenten wie zum Beispiel bisherige Anschriften, getätigte Käufe, Waren-Rückgaben und Infos zum Sozialverhalten. Das System bekommt ein paar Milliarden Datensätze jeden Tag. Daraus prognostiziert es, wie sich jemand zukünftig verhalten wird. Ob er beispielsweise seinen Wohnort wechseln oder sich ein neues Auto kaufen wird. Erst vor kurzem hat ein Vater eine sehr böse Mail an einen Onlineshop geschrieben, da seine jugendliche Tochter Gutscheine zum Thema *werdende Mutter* zugeschickt bekam. Er wollte in der Mail

---

16 Wem das Gespräch im Verlauf zu komplex wird, hat einen seiner Fehler bereits entdeckt. Daran zu arbeiten ist zeitintensiv. Daher sollte er den Text zunächst an entsprechenden Stellen überfliegen. Denn ich will diesen Job rasch beenden und werde nicht alle paar Sätze Erläuterungen machen.

wissen, ob der Shop seine Tochter zum schwanger werden animieren will. Letztendlich stellte sich heraus, dass die Software-Berechnung anhand der Onlinebestellungen recht hatte: die Tochter war unwissentlich schwanger. Nur ihre veränderten Einkaufgewohnheiten hatten sie verraten.«

»Stopp. Das hast du zwar brav auswendig gelernt, aber trotzdem passt deine Antwort nicht zu meiner Frage«, gehe ich dazwischen. Leute, die nur reden, um zu zeigen, wie viel sie wissen, regen mich auf.

»Das System stürzt ab«, sagt Depp beleidigt und kaut noch stärker an seiner Nagelhaut.

Na toll, der redet nicht nur um zu reden, sondern fühlt sich auch noch schnell persönlich angegriffen. Extrem nervige Kombination von persönlichen Fehlern. Zumindest ist ihm sein dämliches Grinsen vergangen.

»Ja genau. Ständig«, bestätigt Siegfried hörbar entrüstet.

»Ständig?« Bestimmt nicht. Die meisten Anwender übertreiben gerne und nutzen ähnliche Floskeln. Ein leicht verzögertes Antwortverhalten setzen sie mit einer eingefrorenen Anwendung gleich. Und gewollte Software-Features, die sie nicht kennen, sind für sie Fehler im System. Tauchen diese Features plötzlich auf dem

Bildschirm auf, kann ihrer Meinung nach nur ein *kompletter Systemabsturz* die Folge sein. Denn alles was von ihrer täglichen Norm abweicht, ist schlecht. Wehe, wenn ein Button[17] eine andere Farbe hat. Dann geht nichts mehr. So sind halt die Job-Hamster. Hat ihr Laufrad eine neue Farbe, bleibt ihnen nichts anderes übrig, als die Arbeit nieder zu legen.

Ich stecke Siegfried wie meinen Kollegen gedanklich in die Depp-Schublade und sage: »Definieren Sie *ständig* genauer.«

»Üblicherweise alle zwei bis drei Wochen ein Mal. In den letzten beiden Wochen nicht, dafür heute wieder«, gibt Siegfried zurück.

Das habe ich bereits vermutet. »Demnach stürzt das System nicht *ständig* ab«, erkläre ich.

Siegfried schnaubt und verschränkt seine Arme. »Aber heute schon wieder«, sagt er trotzig.

Typisches Kundenverhalten, wenn sich das Problem als kleiner als empfunden herausstellt. Wären sie nicht erwachsen, würden sie sich wie ein Kleindkind an der Supermarktkasse auf den Boden werfen, schreien und wild um sich schlagen, da sie die verzweifelt gewollte Süßigkeit nicht bekommen.

---

17 Was ein Button ist? Wer sich das nun fragt, hat bis hierhin nur blablablabla verstanden.

»Ich bin immernoch in meiner Arbeit blockiert, weil das System nicht läuft«, ergänzt Siegfried. Ich vermute, dass seine Blockaden auch da wären, selbst wenn das System einwandfrei liefe.

»Es ist allerdings nicht das gesamte System betroffen, sondern nur der Systemteil, der die Benutzer-Oberflächen erzeugt. Dieser Bereich antwortet im Fehlerfall nicht mehr, während die Batch-Prozesse und Webservices weiter arbeiten«, mildert Depp die Dramatik ab.

Jetzt verschränke ich die Arme: »Also stürzt gar nicht das gesamte System ab?«

»Nein«, grummelt Siegfried.

»Das von den Anwendern benutzte Teil-System ist eine Web-Anwendung. Da läuft ein gemeinsamer Server-Prozess für alle Anwender«, sagt Depp.

»Und wenn der ein Problem hat, kann kein Anwender mehr damit arbeiten«, erkläre ich.

»Genau.« Siegfried nickt zustimmend.

»Das war keine Frage, sondern eine Feststellung.«

»Ich will nur helfen.« Siegfried zieht eine beleidigte Schnute.

Ich ertrage es nicht, mit zwei beleidigten Leberwürsten in einem Raum zu sein und Siegfried steht eigentlich nur im Weg. »Sie helfen am besten, wenn Sie gehen und einen Kaffee trinken. Ab hier komme ich allein zurecht.«

Siegfried sieht mich wütend an, zuckt dann aber mit den Schultern und verlässt den Raum.

»Wofür sind diese Arbeitsplatz-Rechner?«

Depp freut sich sichtlich, dass ich eine Frage habe, die er beantworten kann. »Daran arbeiten Analytiker, die sich überlegen, ob es Zusammenhänge zwischen dem Kauf bestimmter Produkte und dem Sozialverhalten der Konsumenten gibt. Ob die Überlegungen korrekt sind, prüfen sie über die Web-Oberflächen anhand historischer Daten. Wusstest du, dass meine absoluten Lieblingsbonbons vom Markt genommen wurden, weil deren Käufer längere Strafregister hatten als Menschen, die diese Bonbons nicht kauften?«

Was sagt das über Depp aus? Seine Straftat ist in jedem Fall, andere zu Tode zu nerven.

»Nein, das wusste ich nicht. Interessiert mich aber auch nicht.« Ich gähne provokativ und lehne mich mit im Nacken verschränkten Händen zurück.

Das ist nicht nett?

Ja und das ist gewollt. Zum Selbstschutz. Wenn Depp früh erkennt, dass mich seine belanglosen Interessen nicht scheren, wird er mich damit auch in Zukunft nicht belästigen.

Natürlich haben sich Kollegen schon öfters über meine unhöfliche Art beschwert. Ich hingegen bezeichne mich lieber als ehrlich. Die Damen aus der Personalabteilung haben es mittlerweile aufgegeben, mit mir in einem persönlichen Termin über mein Verhalten zu diskutieren. Anscheinend können auch sie es nicht leiden, wenn ich sie auf ihre offensichtlichen Fehler hinweise. Daher haben wir ein für alle Seiten akzeptables Arrangement getroffen: Sie versprechen dem Beschwerer, dass sie mit mir ein ernstes Gespräch führen und es einen Eintrag in meine Personalakte gibt.

Resultieren daraus für mich Konsequenzen? Nö.

Erstens: Die Akten liest doch eh keine Sau.

Zweitens: Ich suche Bugs meist alleine. Selten arbeite ich mit Kollegen zusammen und noch seltener zwei Mal mit demselben. Doppelte Beschwerden sind daher unwahrscheinlich.

Drittens: Letztendlich zählen bei meinen Aufgaben die Ergebnisse. Und diese sind exzellent.

So, dann wollen wir uns mal der Fehlerursache nähern: »Kommen wir wieder zur Sache.«

Depp scheint enttäuscht, nicht weiter über Bonbons reden zu dürfen. Wenn der sich mit seinen anderen Kollegen auch nur über Süßigkeiten unterhalten hat, ist es kein Wunder, dass sie den Fehler nicht behoben haben und mich zu Hilfe riefen.

»Hast du in den Protokollen etwas Auffälliges gefunden? Irgendwelche Fehlermeldungen?«

»Wir haben keine Meldungen schwerwiegender Fehler gefunden. Wenn es welche gab, dann nicht zu Uhrzeiten, an denen die Oberflächen nicht mehr reagiert haben.«

»Hast du ein Speicherabbild vom Server-Prozess gezogen?«

»Häh?«

Bin ich hier im Informatiker-Kindergarten gelandet? »Hast du alle Informationen, die sich aktuell im Arbeitsspeicher befinden, in einer Datei gespeichert?« Noch einfacher kann ich es nicht erklären.

»Heute noch nicht. Ich halte es auch nicht für zielführend, da wir ansonsten auch nichts Auffälliges in dem Speicherabbild gefunden haben.«

Das aktuelle Gespräch ist nicht zielführend. Was hält er für *auffällig*? Vermutlich muss ein Systemfehler mit einem roten T-Shirt bekleidet – auf dem *Ich-bin-ein-Bug* steht – über den Bildschirm laufen, bis Depp auch nur ansatzweise den Gedanken hat, dass da irgendetwas nicht stimmt.

»Dann mach das einfach jetzt und öffne es in einem Profiler[18].«

---

18 Solange Depp das zugehörige Programm-Icon auf seinem Desktop sucht, habe ich etwas Zeit zum erklären: Ein Profiler ist ein Programmierwerkzeug

Depp meldet sich mit seinem Passwort – 1234[19] – an und startet ein paar Programme.

»Zeig mir die Threads[20].«

Depp klickt etwas herum und findet schließlich die Threads: »Der Profiler markiert keinen davon rot. Also ist nichts Alarmierendes zu finden«, sagt er hörbar zufrieden.

Heilige Scheiße! Siehe die erste Zeile von Fußnote 19. »Das hatte ich auch nicht erwartet. Sonst wäre das Problem offensichtlich und meine Anwesenheit überflüssig. Zeig mir die gelben, also die Threads mit Warnungen.«

Depp klickt die gelb markierten Threads nacheinander an, bis ich finde, was ich suche.

---

    zum Analysieren des inneren Zustands eines Programms. Es kann zum Beispiel Speicherabbilder öffnen und häufig benutzte Programmbereiche anzeigen.

19 1: Dumm, 2: Dümmer, 3: Am dümmsten, 4: So dumm, da gibt es keine Steigerungsform mehr. Solche Zahlenfolgen gehören zu den am häufigsten verwendeten Passwörtern, weshalb Hacker die natürlich sehr früh ausprobieren. Es gibt auch Deppen, die als Passwort ihr Geburtsdatum verwenden. Die sind dann völlig überrascht, wenn sich jemand auf ihre Kosten eine neue Spielekonsole gönnt. Dank solcher Personen müssen nicht alle Menschen bis zur Erschöpfung arbeiten. Aber das ist illegal und nicht sehr nett. Daher nichts für mich.

20 Threads bearbeiten Programmlogik parallel.

»Stopp. Der hier wartet auf etwas. Vom Methodennamen ausgehend wartet dieser Thread auf eine Verbindung zum Datenbanksystem. Überprüf das.«

Depp wechselt in seine Entwicklungsumgebung, öffnet ein paar Dateien und bestätigt schließlich meine Vermutung.

»Bestimmt baut die Anwendung für jede Anfrage eine neue Verbindung auf«, sage ich.

»Nein, es gibt einen Connection-Pool, also ...« Depp ist offensichtlich begeistert, dass er mir widersprechen und sein Wissen preisgeben kann. Aber zu früh gefreut: »... eine Ansammlung von Verbindungen, die das Programm immer wieder verwenden kann, um die Verbindungen nicht jedes Mal neu aufbauen zu müssen, weil das unnötig viel Zeit kostet. Schon klar.«

»Das ist nichts Ungewöhnliches«, grummelt Depp.

»Es ist *nichts Ungewöhnliches*, so einen Connection-Pool zu nutzen. Aber der Thread erhält keine Verbindung zur Datenbank, obwohl sie verfügbar ist. Das ist ungewöhnlich. Wie viele Connections liegen im Pool?«

Depp sucht im Code und sagt schließlich: »20. Und sie sind alle in Verwendung. Wir könnten die Anzahl auf 200 erhöhen.«

Jetzt grummel ich: »Womit wir zwar die erwartete Laufzeit des Systems auf das Zehnfache erhöhen, aber die Ursache des Problems weder finden noch beheben. Denk mal ein bisschen langfristig! Zeig mir im Programmcode alle Anfragen an den Connection-Pool.«

KLACK. Depp tippt nicht mehr, er haut auf die Tasten ein. »Hier ist die erste Anfrage. Der Code sieht gut aus«, meint er.

»Lass mich die Qualität des Codes beurteilen, dafür bin ich hier. Nächste.«

KLACK.

»Nächste.«

KLACK.

»Nächste.«

KLACK.

»Stopp. Diese Codestelle gibt die Verbindungen nicht frei.«

»Doch! Zeile 337«, ruft Depp.

»Nein! Und ich habe keine Zeit für Diskussionen. Die Zeile 337 wird nur aufgerufen, wenn der Aufruf in Zeile 336 fehlerfrei war. Aber das war er nicht. Scheinbar aufgrund eines temporären Netzwerkproblems.«

»Was an sich kein großes Problem darstellt«, unterbricht mich Depp. Unverschämt! »Denn wenn das Netzwerk nicht verfügbar ist, sollte das System damit umgehen können. Und das kann es ja auch.«

Also für diese Antwort bekäme er kein Bonbon von mir.

»Ja, aber es gibt die Verbindung des Connection-Pools dann nicht frei. Und wenn das 20 Mal und öfter passiert, hat der Connection-Pool keine Verbindungen mehr verfügbar. Ab dem Zeitpunkt warten alle Threads.«

Depp kratzt sich am Kinn. »Das ist wie bei einer Autovermietung, die 20 Autos zu vermieten hat. Wenn die 20 Autos ausgeliehen sind und aufgrund von Unfällen nicht zurück gebracht wurden, stehen die Kunden Schlange und warten vergeblich, dass sie ein Auto mieten können. Richtig?«, fast er meine Worte einfach zusammen. Interessant, dass er geistig dazu in der Lage ist, diese Transferleistung in so kurzer Zeit zu erbringen.

»Ja, so etwas in der Art. Für die Fehlerbehebung heißt das: Sorg dafür, dass das System in jedem Fall die Connection wieder freigibt, wenn es sie nicht mehr benötigt. Kennst du die finally[21]-Behandlung?«

»Ja.«

Es gibt noch Hoffnung für Depp. »Gut. Nutz sie! Und bestell einen Netzwerker hierher, der sich die Verbindungsabbrüche anschaut. Die Test-Abteilung bei Cettanight Enterprises hat vermutlich ein deutlich besser konfiguriertes

---

21 Keine Zeit für Erklärungen. Ich werde in wenigen Minuten hier wieder raus sein.

Netzwerk, weswegen die Tester nie über dieses Problem gestolpert sind.« Oder sie hatten die Vorgabe, irgendwelche dämlich gewählten Lieferfristen einzuhalten und haben daher bewusst ein Auge zu gedrückt.

»OK.« Depp hat schon mal gelernt, dass Widersprüche bei mir sinnlos sind.

»Demnach bin ich hier fertig. Markier meinen Auftrag als erledigt.« Ich stehe auf, ignoriere, was Depp sagt, verlasse das Büro, fahre mit dem Fahrstuhl wieder runter in die Eingangshalle und gehe zum Parkhaus, wo ich in meinen Wagen steige.

Es ist toll, ich zu sein! Das ist auch berechtigt, denn ich bin einfach der beste Bug-Finder! Daher akzeptiert Harald meinen unverblümt ehrlichen Charme öfter als ihm recht ist.

Es ist 11:46 Uhr. Demnach bin wieder einmal deutlich schneller als von Harald erwartet fertig geworden, aber einen ganzen Tag rechne ich trotzdem ab. Das ist Schmerzensgeld, da ich mit Siegfried und Depp zusammen war.

Jemand klopft an das Fenster der Beifahrertür.

Ich zucke zusammen und will nach meinem Sturmgewehr auf dem Beifahrersitz greifen, das aber gar nicht da ist – scheiß Schlafmangel. Als ich mich umdrehe, sehe ich einen Mann an meinem Auto stehen. Er trägt einen Anzug aus braunem Cord. Generell macht er einen gepflegten Eindruck. Doch seine Krawatte hängt schief an seinem zerknitterten Hemd herunter. Er wirkt gehetzt, sein Gesicht ist verschwitzt – kein Wunder, wenn er bei der Hitze einen Anzug trägt.

Ich wende mich ab.

Wieder klopft der Mann an das Autofenster.

Genervt lasse ich das Fenster einen Finger breit runter.

»Bitte helfen Sie mir. Ich werde verfolgt«, sagt er und blickt immer wieder hinter sich.

»Gehen Sie rüber zu der Firma mit den zwei blauen Kreisen als Logo. Die Mitarbeiter lassen jeden rein. Ich habe keine Zeit.«

»Ich bin unschuldig. Ich habe nichts getan.« Der Mann scheint meinen Kommentar so verstanden zu haben, dass mich sein Problem interessiert. Was ist an *Ich habe keine Zeit* so missverständlich? Da lobe ich doch die Eindeutigkeit jeder Programmiersprache. Daher programmiere ich auch lieber allein von zu Hause aus, anstatt mich mit den unpräzisen Problemen von Kunden vor Ort zu beschäftigen.

Eine Wächter-Drohne, die wie ein dreißig Zentimeter großes schwarzes Zäpfchen aussieht, fliegt auf mein Auto zu und bleibt neben dem Mann in der Luft stehen.

»Ich will die Bank nicht ausrauben«, sagt der Mann zu der Drohne.

»Die Drohne versteht Sie nicht. Sie hat keine Spracherkennungsfunktion«, erkläre ich, bevor der Mann noch weiter seine Zeit vergeudet, was ich auch gerade mache.

Die Tür zum Treppenhaus fliegt auf, knallt gegen die Wand und acht in schwarze Uniformen gekleidete Wächter stürmen auf das Parkdeck.

Sie ergreifen den Mann, ziehen ihn zu Boden und legen ihm Handschellen an.

»Ich habe nichts getan«, schreit der Mann.

Ein Wächter tritt an mein Autofenster. »Ist mit Ihnen alles in Ordnung?«, fragt er.

»Zeitlich gesehen bin ich etwas gestresst, da mich der Mann da aufgehalten hat, aber ansonsten geht es mir gut.«

»Was hat er zu Ihnen gesagt?«

»Er hat sehr schnell gesprochen und daher habe ich nicht viel verstanden. Außerdem war ich in Gedanken, da ich eigentlich schon längst weg sein wollte.« Wenn ich Details nenne, nehmen die mich als Zeugen für eine weitere Befragung mit in die Zentrale der Wächter. Darauf habe ich nun wirklich keinen Bock.

»Sind Sie sicher, nichts weiteres von ihm gehört zu haben? Der Mann gilt als gefährlich. Er hat vermutlich Komplizen. Jedes Detail ist wichtig, selbst wenn Sie es für unbedeutend erachten«, bohrt der Wächter nach.

Der Mann sieht zwar verwirrt, aber nicht gefährlich aus. Aber das ist nicht mein

Problem, sondern das der Wächter. »Ja, ich bin sicher. Ich habe wirklich nichts von ihm gehört.«

»Gut. Dann dürfen Sie fahren. Einen schönen Tag.«

Ich nicke ihm zu und befehle dem Auto mich zurück nach Hause zu fahren.

1. Tag

12:03 Uhr

Im Parkhaus angekommen stellt sich mein Auto wieder auf dem Parkplatz ab. Über das Treppenhaus verlasse ich das Gebäude und trete auf den Bürgersteig, auf dem die in schicken Anzügen und Kostümen gekleideten Büroangestellten zum nächsten Termin hetzen. Viele von ihnen schreien in ihre Headsets, nippen hektisch an ihren To-Go-Kaffees und stopfen sich im Gehen Sandwiches in den Mund.

Fleißige Hamster im sich ständig drehenden Job-Rad. Hier ist ein *ständig* angebracht, weil es bei vielen Menschen ein ununterbrochener Dauer-Zustand ist: kaum haben sie einen Job, nehmen sie einen Kredit auf, kaufen eine überteuerte und viel zu große Wohnung, die sie mit Dingen voll stopfen, die sie gar nicht brauchen, um sie dann über die nächsten 40 Jahre abzubezahlen. Sie versklaven sich selbst damit.

Naja, das ist glücklicherweise nicht mein Problem. Ich gähne, strecke ausgiebig meine Glieder und freue mich über meinen flexiblen Job. Ich arbeite so effizient, dass ich für einen Auftrag meist nur ein paar Stunden brauche und den Rest des Tages zur freien Verfügung habe. Um meine alltäglichen Bedürfnisse zu befriedigen, reichen mir ein bis drei Aufträge in der Woche. Damit verdiene ich genügend Credits für meinen Lebensunterhalt.

Es ist toll, ich zu sein!

Aber das erwähnte ich ja bereits.

Mein Magen knurrt und so wandert mein Blick hinüber zum Hotdog-Automaten, der direkt gegenüber des Parkhausausgangs steht. Regelmäßig gehe ich dort hin, um mir einen Snack zu gönnen.

Ich warte darauf, dass die Fußgängerampel grün anzeigt und überquere die Straße. Ganz brav und ordnungsgemäß, denn auf noch eine Nacht auf der harten Gefängnispritsche habe ich keinen Bock.

In Sichtweite stehen in schwarze Uniformen gekleidete Wächter und sehen alles. Vielmehr sieht die klug ausgetüftelte Software der Datenbrille *alles* und die Wächter agieren erst, wenn das Programm einen Verstoß meldet. Die Brille stammt aus der Sicherheitsabteilung von Cettanight Enterprises, die eng mit den Wächtern zusammen arbeitet. Als staatliche Behörde können die Wächter nur von dem Budget von Cettanight Enterprises träumen. Daher lassen sie sich nicht lange bitten, modernste Technologie gratis zu nutzen. Nur das Logo von Cettanight Enterprises, ein schwarzes Zepter mit einer Weltkugel auf der

Spitze, prangt als Gegenleistung auf der Ausrüstung.

Warum ich mal eine Nacht im Gefängnis war? Das ist schnell erzählt: Ein *Freund* von mir, der wiederrum seine *Freunde* vor den Wächtern in Sicherheit bringen wollte, hat mir den Auftrag gegeben, ihre Fahndungsfotos durch Bilder von Pin-Up-Girls auszutauschen. Das hätte alles tadellos funktioniert, wenn mich mein sogenannter Freund nicht verpfiffen hätte. Nur meinem Oberboss, Josh Cettanight, habe ich es zu verdanken, dass es bei einer Nacht im Gefängnis blieb. Dafür versprach ich ihm vor zwei Jahren, keine krummen Sachen mehr zu machen, sondern ausschließlich für ihn zu arbeiten. Cettanight sagte, dass in mir mehr Potenzial steckt und dass er meine Talente für seine Firma nutzen wolle.

Cettanight ist ein sehr intelligenter Mann mit großen Visionen. Da er genügend Credits besitzt, kann er sich Leute leisten, die seine Ideen für ihn umsetzen und ihn noch erfolgreicher machen.

Daher war mein erster Auftrag eine Sicherheitslücke im System von Cettanight Enterprises zu schließen. Das Team aus zehn studierten Informatikern hatte es selbst nach einem halben Jahr nicht geschafft, den Bug zu fixen. Ich korrigierte den Fehler innerhalb zwei intensiver Nachtschichten ohne Computerspiele.

Ich bin zwar nicht gerade der Fleißigste, aber bestimmt auch nicht total unterbelichtet.

Job oder Gefängnis?

Solange es um meine Freiheit geht, komme ich auch mal zeitweise ohne Zocken klar.

Manche Leute sprechen hinter vorgehaltener Hand schlecht von Josh Cettanight, aber ich hatte letzlich ihm meine Freiheit und eine Festanstellung mit flexiblen Arbeitszeiten zu verdanken. Solange fleißig Credits auf mein Konto fließen, ist mir das Gerede egal. Seitdem suche ich als Informatiker für Cettanight Enterprises legal Sicherheitslücken oder die Ursachen für schwerwiegende Fehler in Softwaresystemen. Das Aufspüren ist das Schwierigste und für mich gleichzeitig das Spannendste an dem Job. Das Beheben der Bugs überlasse ich anderen. Einfach nur Code runter zu tippen ist mir zu einfältig.

Als ich vor dem silber glänzenden Automaten mit der Aufschrift *Heiße Hotdogs aus Freilandhaltung* stehe, stelle ich mir Hotdog-Brötchen mit schwarzen Äuglein vor, die auf einer grünen Weide vergnügt miteinander toben und grinse über die Wortwahl.

Ich lehne mich dicht an die Sprechanlage. »Einen Hotdog mit Gurken, Röstzwiebeln, Mayonnaise und Senf.«

»Einen Hotdog mit Gurken, Röstzwiebeln, Mayonnaise und Senf«, wiederholt die Computerstimme einer Frau höflich und ich stelle mir dabei die kleine, liebe Oma mit der geblümten Kochschürze aus der Werbung vor, die auch diesem Automaten ihre Stimme leiht.

»Ja.«

»Haben Sie noch einen Wunsch?«

»Nein.«

»Einen Moment bitte.«

Während ich warte, erzähle ich der Maschine: »Als der alte Larry noch seinen Hotdog-Stand hier betrieben hatte, hat er mir immer unter der Hand ein paar Gürkchen extra gegeben.« Ich bin gespannt, wie die Software darauf reagiert.

»Sie möchten Extra-Gurken? Das kostet einen Credit zusätzlich.«

War ja klar, dass die Maschine Geld von mir will. »Nein. Ich habe einfach nur gerne mit Larry eine Runde gequatscht.«

»Bitte entschuldigen Sie. Hotdogs *mit Larry* habe ich leider nicht im Angebot.«

»Egal. Du mich auch.«

»Danke. Das kostet drei Credits. Wie möchten Sie zahlen?«

Der Automat zeigt mir auf seinem Bildschirm verschiedene Möglichkeiten an. Per Datenuhr oder Smartphone zu zahlen ist mir zu aufwendig, da ich erst noch das Programm aufrufen müsste. Per Fingerabdruck ist eine coole Sache. Aber wenn es wie heute so heiß ist, dauert es ewig, bis der Scanner den Abdruck unter all dem feuchten Schweiß erkennt. Ich drücke daher auf den Button mit der Aufschrift *Irisscan* und stelle mich näher an die Kamera.

»Danke. Hier ist Ihr Hotdog. Guten Appetit.« Ein Schlitz öffnet sich unten am Automaten und ein dampfend heißer Hotdog mit allem Drum und Dran kommt zum Vorschein. Ich greife danach und hole meinen Snack heraus. Dann schlendere ich gemächlich zu meiner Wohnung, beiße in den Hotdog und sehne mich nach den Extra-Gürkchen ohne Extra-Credits.

Jemand rempelt mich aus der Masse an und Senf tropft auf mein Shirt.

»Scheiße! Kannst du nicht aufpassen?« Ich blicke mich um und sehe nur noch eine Frau mit roten Haaren in der Menge verschwinden. »Kein Problem! Du brauchst dich nicht zu entschuldigen! Schlampe!«, schreie ich in die Menge.

Ein üpig beleibter Mann dreht sich seitlich zu mir um, sieht mich böse an, starrt dann wieder auf sein Smartphone und tippt wütend auf das Display.

»Es bringt übrigens nichts, wenn Sie Ihr Smartphone misshandeln. Dadurch wird die Sensorik nicht sensibler. Vielleicht haben Sie einfach zu dicke Finger? Mein Tipp: Nutzen

Sie ein Smartphone mit größerem Bildschirm und dementsprechend größeren Tasten oder einen Bedien-Stift«, sage ich höflich.

»Du Arsch!«, schreit der Mann und geht an mir vorbei.

»Das war nur eine gut gemeinte Feststellung, die Ihr Leben einfacher machen soll«, rufe ich dem Mann hinterher und schlucke den letzten Bissen meines Hotdogs runter.

Der Smartphone-Peiniger dreht sich nicht um und das ist mir auch recht. Mit Menschen, die sich persönlich angegriffen fühlen, kann ich nichts anfangen.

Harald würde jetzt anmerken, dass ich den Typen verletzt habe und ich erst über die emotionalen Auswirkungen meiner Worte nachdenken sollte, bevor ich etwas sage. Daher hat er mich schon des öfteren für ein Soft-Skill-Training[22] angemeldet. Da bin ich aber nie erschienen, da mein Gehirn so funktioniert:

Erstens: Ich nehme den Ist-Zustand wahr. In diesem Fall hat der Mann dicke Finger. Und daher drückt er vermutlich mehrere Tasten auf

---

22 In so einem Kurs geht es darum zu lernen, soziale Kontakte zu knüpfen und aufrecht zu erhalten ohne seinen Kollegen unverblümt die Wahrheit zu sagen. Aber wie sollen meine Mitmenschen an sich selbst arbeiten und besser werden, wenn ich ihnen ihre Fehler nicht offen darlege?

einmal. Und daher weiß das Smartphone nicht, welche Taste er drücken wollte und akzeptiert scheinbar nicht seine Eingabe.

Zweitens: Ich weise den Mann auf das Problem hin, damit er daran etwas ändern kann. Das ist wie in diesem Beispiel meist möglich.

Ich habe nichts gegen übergewichtige Personen und hatte auch nicht vor den Mann zu beleidigen. Das war eine komplett wertfreie Wahrnehmung des Ist-Zustands. Dass der Mann auf meine Worte emotional reagiert, sich also *verletzt fühlt*, ist das Problem seines Charakters. Demnach sehe ich hier keinen Fehler auf meiner Seite.

Es lässt sich darüber streiten, ob ich ihn auf seinen ihm sicherlich bekannten Ist-Zustand hinweisen musste. Aber er schien nicht zu begreifen, dass das Smartphone unschuldig an den Bedienproblemen ist. Wie kann man da nichts sagen? Das ist doch unterlassene Hilfeleistung.

1. Tag

12:19 Uhr

Ich komme am Wohnblock an, öffne per Irisscan die Haustür und laufe durch den Flur an den fünfzig Briefkästen vorbei. Ein Post-Roboter sortiert gerade Umschläge und kleine Pakete ein. Der gelbe Automat ist rechteckig und so groß und breit, dass er bequem durch die standardisierten Eingangstüren passt. Eine Seite ist aufgeklappt und so ähnelt er einer geöffneten Geschirrspülmaschine. Mit sechs langen Armen, die wie Insektenbeine aussehen, greift er flink in sein Inneres und holt die Sendungen heraus.

Ich fordere den Fahrstuhl an und als sich die Tür zur Seite hin öffnet, schwebt eine Kurier-Drohne von einem online Buchshop heraus. Ich betrete den Fahrstuhl, der heute nach Zimt duftet. Ist wohl ein Bug im System, denn es ist nicht Weihnachten. Der Duft wechselt üblicherweise saisonal und zu bestimmten Feiertagen. Am Valentinstag duftet es meist nach Rosen und Schokolade. Besonders verwirrend empfinde ich es, wenn der Fahrstuhl beispielsweise am Nikolaustag nach Bratapfel und dann plötzlich nach Zedernholz und Moschus riecht, da eine Werbung für Männerparfüm läuft. Die Tür des Fahrstuhls ist von innen betrachtet zugleich ein Bildschirm für individuelle Echtzeitwerbung. Bin gespannt, was sich die Werbemacher heute für mich überlegt haben und es geht auch schon los:

»Sie sind von Ihren neuen Laufschuhen begeistert? Ein Exoskelett wird ihre aktuelle Freude am Laufen bei weitem übertreffen. Verbinden Sie ihren Körper mit der neuesten Technik und steigern Sie Ihre Leistung!« Der Bildschirm zeigt einen Jogger, der so aussieht, als hätte er sich die Hülle eines Roboters übergestreift.

Ich habe vor zwei Wochen Laufschuhe im Internet gekauft und schon meinen die Konzerne zu wissen, was ich für mein Glück noch brauche. Es bringt aber nichts, Online-Shopping zu meiden. Firmen erhalten die Informationen zum Beispiel auch über Datenuhren und Smartphones, die ihre (potenziellen) Kunden bei sich tragen. Sobald jemand ein Geschäft betritt, übermitteln die mobilen Geräte die Daten. Selbst was wir in den Einkaufswagen legen, erkennt die Software.

Letzte Woche wurde mir eine Werbung für Tabletten gegen einen zu hohen Cholesterinwert gezeigt. Zuvor hatte ich in einer langen Spiele-Nacht reichlich frittierte

Leckereien gegessen. Meine Toilette, die meine Ausscheidungen bewertet, hat mir zu einer gesünderen Lebensweise geraten, indem sie ein paar Links zu Informationsseiten über gesunde Ernährung auf meine Datenuhr geladen hat. Es nervt mich zwar, dass eine Toilette meinen Lebensstil kommentiert, aber dadurch bekomme ich von der Testabteilung des Gesundheitsbereichs bei Cettanight Enterprises noch ein paar Credits zusätzlich.

Der Fahrstuhl hält an und als ich den Flur zu meinem Appartement im fünften Stock betrete, wartet bereits Frau Davahria im Türrahmen ihrer Wohnung, die direkt gegenüber von meiner liegt, und sieht mich über ihre Zebragemusterte Brille hinweg an. Sie ist 42 Jahre alt, sieht aber aus wie Mitte 50 und trägt vorzugsweise hautenge Jogginganzüge aus Tierfellimitat und handtellergroße goldene Reifohrringe. Ihre stets addrette Dauerwelle würde selbst einem Tornado standhalten.

Zu ihren Füßen klefft ihr Chihuahua Sunshine, ein Schoßhündchen Marke Wadenbeißer und Stresspinkler. Beim Anblick von mir hebt ihr Hund bereits das Bein.

Ich mag Tiere. Aber als sich dieses Exemplar eines Tages in meine neue Jeans verbissen hatte und wie auf Droge daran herum zerrte, hatte ich ihn kurz entschlossen an seinem Leopardenfell-Halsband gepackt und die Müllrutsche hinunter geschubst. Seit dem

Vorfall verspürt das Tier den starken Drang zu urinieren, wenn es mich sieht. Frau Davahria ging damals einfach wortlos in den Keller und holte ihren Hund aus dem Müll.

Meine offensichtliche Abneigung gegenüber ihrem Köter hindert sie nicht daran, mir schmachtende Blicke zuzuwerfen.

In mir schüttelt sich jede Faser vor Abscheu, als sie mir mit ihren pinken Fingernägeln zuwinkt.

»Hallöchen Herr Baystrawn! Schon so früh wieder zu Hause?«, zwitschert sie.

»Ja«, brumme ich und sehe in die Kamera über meiner Wohnungstür.

»Falls Sie noch nicht wissen, was Sie mit Ihrer freien Zeit anfangen sollen, wissen Sie wo sie mich finden. Ich habe frischen Schokoladenkuchen und Sahne hier.« Sie zwinkert mir zu und rückt ihr faltiges Dekolleté zurecht.

Ich grummel vor mich hin. Gerade kommt es mir so vor, als bräuchte die Kamera Stunden, um mein Auge zu scannen.

Warum sage ich ihr nicht, dass sie mich mal am Arsch lecken kann?

Sie würde meine Worte nicht als Beleidigung verstehen, sondern sie wortwörtlich als Aufforderung ansehen. Mehrmals hatte ich ihr unverblümt gesagt, was ich von ihrem Angebot halte, aber diese Frau ist resistent gegen Beleidigungen in jeglicher Form und scheint sich mit jedem verachtenden Wort nur noch stärker zu mir hingezogen zu fühlen. Zu ihrem Glück erwacht meine pazifistische Seite in der Nähe von Frauen. Und sie passt eh nicht in die Müllrutsche.

»Pfui Sunshine! Aus!«

Ich höre den Hund pieseln und mit einem Klack geht endlich das Türschloss meiner Wohnung auf.

Schnell husche ich hinein, schließe mit meinem Rücken die Tür von innen und sehe mich in meinen angenehm kühlen 55 Quadratmetern um.

Ich stehe direkt im Wohnzimmer und sehe links von mir durch die vier bodenlangen Panoramafenster auf die Hochhaus-Skyline der Stadt. Seit Josh Cettanight mit seinem Jobangebot in mein Leben getreten ist, hat sich vieles für mich verbessert.

In der Wohnung meiner Mutter lebten wir auf 60 Quadratmetern, die aus einer Küche, einem Wohnzimmer, einem Bad und einem Schlafzimmer bestanden. Wenn sie einen Liebhaber hatte, wohnten wir dort auch zu dritt. Die kleinen, vergitterten Fenster im Untergeschoss zeigten auf einen Hinterhof, in dem abends die Prostituierten auf ihre Freier warteten.

Mein eigenes Reich war der fensterlose Platz unter meinem Hochbett im Wohnzimmer. Darunter stand ein Schreibtisch mit einem alten PC und ein Klappstuhl. Nur eine bodenlange Gardine um das Hochbett herum verschaffte mir etwas Privatsphäre. Doch der Stoff konnte die Streiterreien zwischen meiner Mutter und ihren Männern nicht fern halten. Ruhig war es nur, wenn sie zugedröhnt waren. Meinen Music-Player laut genug aufgedreht, tauchte ich in die Welt der Techno-Musik ein und blendete alles um mich herum aus.

Eigentlich hätte ich mir ein besseres Leben für uns gewünscht, sagte meine Mutter jeden Abend an meinem Bett.

Eigentlich. Hätte. Ich. Das sind allein betrachtet drei harmlose Worte. Aber zusammen gesetzt sind sie Bullshit. Sie führen zu nichts und bringen einen im Leben nicht weiter.

Als Krankenschwester verdiente sie genug Credits für eine bessere Wohnung, aber die gingen dafür drauf, um sich mit ihren Männern wieder gut zu stellen. Sie kaufte ihnen Kleidung und Techniknewheiten. Halt alles was sie dazu veranlasste, meine Mutter nicht zu verlassen.

Aber das war damals. Heute belastet mich meine Vergangenheit nicht mehr, denn sie liegt hinter mir. Was zählt, ist das Hier und Jetzt und darin gehört meine Wohnung nur mir allein.

Ein runder Esstisch aus schwarz lackiertem Holz und zwei Stühle stehen mittig im Raum.

Dahinter befindet sich mein Sessel, der meinen 78 Zoll großen Bildschirm nur leicht verdeckt. Auf dem Tisch stapeln sich leere Essensschachteln und darunter liegt ein Haufen Dreckwäsche. Meist esse ich im Sessel, während ich an meinem PC zocke.

Rechts an der Wand neben der unbenutzten Kochnische lehnt ein halb zusammen gebautes Regal, vor dem sich Umzugskartons stapeln, die mir als Schrankersatz dienen. Zwar wohne ich hier schon fast zwei Jahre, aber Inneneinrichtung interessiert mich nicht. Zur Not komme ich auch mit einem Notebook, einer Tasse und einem Löffel klar. Wofür gibt es Lieferdienste?

Ich gehe durch den türlosen Rahmen neben der Kochnische in mein Schlafzimmer. Eine 1,50 Meter hohe Mauer aus Glasbausteinen bildete die Grenze zwischen meinem zerwühlten Doppelbett und meinem Bad mit Toilette und Dusche.

Ich ziehe mein mit Senf beschmiertes Shirt aus und werfe es zusammen mit meiner restlichen Kleidung in eine Ecke im Bad. Dann steige ich unter meine Regendusche, schäume mich mit einem Duschgel *for Men* ein, das laut Werbeversprechen nach Abenteuer und Leidenschaft riecht, und brause die Sommerhitze von meiner Haut.

Frisch geduscht greife ich mir ein flauschiges Handtuch von der Halterung, trockne mich ab und schlinge mir das Tuch um die Hüften.

Nachdem sich der bodenlange Badezimmerspiegel per Knopfdruck selbst von der Feuchtigkeit befreit hat, zeigt mir mein Spiegelbild, dass sich das Krafttraining lohnt. An meinem Bauch entsteht sichtbar ein Sixpack und auch an meinen Armen und Schultern zeichnen sich sportliche Muskeln ab. Unter den vier Fliesen auf denen ich stehe, ist eine Waage eingelassen, die ihre Daten dem Spiegel übermittelt. In der oberen linken Ecke des Spiegels steht, dass ich 70 Kilogramm wiege.

»Bei einer Größe von 1,85 Metern haben Sie Normalgewicht«, kommentiert meine Datenuhr.

Ich fahre mir mit den Handflächen über mein schmales, leicht kantiges Gesicht, auf dem zu meinem Verdruss kein Bart wachsen will. Zu gern hätte ich einen Drei-Tage-Bart wie ein düsterer Undercover-Agent in einem Action-Thriller. Eine schlecht genähte Narbe seitlich an meinem Kinn verleiht meinem glatten Gesicht immerhin eine gewisse verwegene Härte.

Passend zum Duft des Duschgels sprühe ich noch Deo unter meine Achseln und gehe zurück ins Wohnzimmer, um mich dort in meinen Sessel fallen zu lassen.

Mein Magen grummelt und sagt mir damit, dass der Hotdog nur ein kleiner Snack war. Neben dem Sessel greife ich nach einer Faltschachtel mit chinesischem Essen und schnuppere daran.

Igitt! Ich werfe die Schachtel mit dem verdorbenen Essen in einen Mülleimer und schalte den PC ein. Während ich auf der Webseite vom China-Restaurant gebratene Nudeln mit knusprigem Hühnchen bestelle, poppt das Chatfenster[23] in der rechten Ecke des Monitors auf und als ich den Chat öffne, erscheint ein Foto meines besten Kumpels Jay im Dialogfeld.

Er hat rotes, kurzes Haar, das er sich glatt als Scheitel zur Seite kämmt. Seine blauen Augen blicken stets aufgeweckt und scheinen immer zu sehen, was ich vorhabe, bevor ich es selbst weiß. Vielleicht liegt das an seinen Genen. Sein Vater ist Neurologe und seine Mutter Psychologin. Zu ihrem Missfallen studiert er Grafikdesign.

Wir haben uns vor drei Jahren, als wir beide achtzehn Jahre alt waren, kennengelernt. Jay war in die Stadt gezogen, da sein Vater eine neue Stelle am Krankenhaus angenommen hatte.

---

23 Wer das erklärt bekommen möchte, hat bis hier hin noch immer nur blablablabla verstanden oder lebt in der Zukunft, in der es schon keine Chats oder keine Fenster in Benutzeroberflächen mehr gibt.

Jay hatte den gleichen Weg wie ich. Mit dem Unterschied, dass er in eine weiterführende Schule ging und ich mich ins Internetcafé setzte, um meine Programmierfähigkeiten zu verbessern und Credits zu verdienen.

Jays Eltern sind gesellschaftlich hoch angesehen und scheinen aus einem Modekatalog entsprungen zu sein. Anstatt dass Jay ein gebräunter, hoch gewachsener Tennis und Golf spielender Schönling ist, der stets Shirts mit Kragen und steif gebügelte Hosen mit Falte trägt, ist er ein 1,65 Meter kleiner schlaksiger Schluck Wasser in der Kurve mit einem schmalen, hellen Sommersprossengesicht, das nie braun, sondern immer nur rot wird. Als stets nervös wuselndes Wiesel ist es ihm nicht möglich, seine Kleidung sauber und knitterfrei zu halten oder mit einem Schläger einen Ball zu treffen. Daher hat er es nicht leicht. Denn er passt einfach nicht in die perfekte Glamour-High-Society-Welt seiner Eltern.

Mit seinen Neuronen und seiner psychischen Verfassung scheint sonst alles in Ordnung zu sein.

Das haben zahlreiche Tests seiner Eltern bewiesen.

Jay war also ein neuer Schüler mit reichen Eltern, der nicht ins Gesamtbild passt.

Scheiß Kombination. Denn ekelige Neider und fiese Arschlöcher – meist ein und dieselbe

Person – gibt es überall, so auch an seiner neuen Schule. Die Demütigungen begannen schon auf dem Weg dahin.

Kurz: Jay brauchte einen wahren Freund und da kam ich.

Die Benutzeraccounts dieser sonst so scheiß freundlichen Jungen – wobei hier klar ist, dass sie eigentlich nur scheiße waren – haben plötzlich angefangen, eine Flut von Empfehlungen für Internet-Pornoseiten zu versenden und sich lästernd über die Kontakte in ihrem sozialen Netzwerk zu äußern.

Irgendwann kapierten diese nun nicht mehr ganz so beliebten Jungen, dass die Aktivitäten in ihrem sozialen Netzwerk mit ihrem Verhalten gegenüber Jay zu tun hatten und sie ließen ihn respektvoll in Ruhe.

Hot_Red_Jay: Hey du fauler Sack! Wir sind seit 3 Tagen 21 und haben das noch gar nicht richtig gefeiert.
C0o1_Mint: Wir haben ja auch die letzten Nächte durchgezockt ;-)
Hot_Red_Jay: Ein Club mit brandneuen 8M-Spielkabinen wurde letztes Wochenende eröffnet.
C0o1_Mint: Komm grad von nem Auftrag :-(

Hot_Red_Jay: Dann haste ja genügend Credits für ne Gratis-Runde für mich ;-)

C001_Mint: Eigentlich bist du an der Reihe. Aber gut. Ich hole dich gegen 22 Uhr ab. Bis später.

Hot_Red_Jay: Super. Tschüss.

Ich beende den Chat und es klopft.

Als ich mich aus meinem Sessel raus hieve und zum Fenster gehe, schwebt in der Luft eine rechteckige Kurier-Drohne mit dem Logo des China-Restaurants: Zwei rot-goldene Essstäbchen über einer weißen Schüssel mit dampfenden Reis. Ich öffne das Fenster und zahle per Irisscan. Bei kleinen Beträgen ist diese Art zu zahlen super. Ich schränke mein Guthaben generell ein, denn falls jemand mein Auge fotografiert oder meine Fingerabdrücke nutzt, so kann diese Person mir nur einen kleinen Betrag stehlen. Auch meine Datenuhr nutze ich nur zum Zahlen kleinerer Summen. Selbst wenn ich die Datenuhr getestet und viele Bugs in der Software gefunden habe, würde ich darauf keine hohen Creditsummen speichern. Es gibt immer jemanden, der ein System knackt. Solange der Anreiz nur groß genug ist.

Die Hersteller von Smartphones und Co. garantieren natürlich die Sicherheit ihrer

Produkte. Zudem preisen sie einfache Bedienbarkeit an. Und die ist selten mit hoher Sicherheit vereinbar. Darum ist es so einfach, mit einem Lesegerät an geschützte Daten zu kommen.

Seitlich der Drohne fährt eine Schublade raus und ich nehme meine Essensbestellung entgegen.

Schon im Gehen stopfe ich mir mit den mitgelieferten Plastik-Essstäbchen das Essen in den Mund, flätze mich wieder in meinen Sessel und schalte die Nachrichten an.

Im Studio sitzt Josh Cettanight auf einem gläsernen Stuhl neben der heißen Journalistin vom Video heute Vormittag. Dieses Mal trägt sie ein dunkelgrünes, figurbetontes und damit wieder ein extrem sexy Kostüm. Doch Cettanight lässt sich davon nicht ablenken. Wie immer ist er sehr souverän.

»Herr Cettanight, kommen wir nun zu einem Ihrer neusten Projekte. Bestimmt hat nicht jeder Zuschauer mitbekommen, was nun in unserer Stadt für mehr Sicherheit sorgt. Erklären Sie uns bitte Ihre neue Technologie«, fordert die Journalistin Cettanight auf.

»Ganz neu ist diese Technologie nicht.« Cettanight lächelt süffisant. »Korrekter gesagt, ist sie eine Erweiterung einer bereits eingesetzten Software. Die ältere Version war bereits in der Lage, die Wahrscheinlichkeit von Einbrüchen in Wohngebieten zu berechnen.«

»Erklären Sie unseren Zuschauern die Funktion dieser Software doch bitte genauer.«

»Cettanight Enterprises hat den Wächtern ein Software-Programm zur Verfügung gestellt, in das sie Informationen zu Verbrechern und deren Straftaten eingeben. Dazu gehören beispielsweise Daten, in welchen Wohngebieten und zu welchen Uhrzeiten der Täter mehrmals erfolgreich mit seinen Diebstählen war und ohne erwischt zu werden, davon gekommen ist. Die Wahrscheinlichkeit, dass der Dieb dort hin zurück kehrt, ist sehr hoch. Anhand dieser Ergebnisse können die Wächter ihre Einsatzkräfte und Kontrollen genau an diesen Stellen bündeln. Seit dem Einsatz der Einbruch-Vorhersage-Software, konnten die Einbrüche um 36 Prozent gegenüber dem Vorjahres-Zeitraum reduziert und die Aufklärungs-Rate um fast 50 Prozent erhöht werden.«

Wahnsinnig cool. Und ich habe in der Software einige Bugs behoben. Dadurch ist die hohe Erfolgsquote überhaupt möglich geworden.

»Jeder Wächter kann selbst erkennen, dass nach mehreren Einbrüchen in einer Nachbarschaft weitere Diebstähle möglich sind. Daher scheint Ihr Programm nicht mehr zu sein, als eine Tabellenkalkulation.«

Was für eine miese Bitch! Da könnte sie ihm auch gleich in die Eier treten.

»So simpel ist der Berechnungsalgorithmus der Software allerdings nicht.«

Genau. Sag ihr, was Sache ist.

»Was meiner Meinung nach für unsere Bürger zählt, ist nicht, wie die Software in jedem Detail funktioniert, sondern dass sie funktioniert. Darauf aufbauend hat die Sicherheitsabteilung von Cettanight Enterprises die Einbruch-Vorhersage-Software deutlich erweitert und die Software namens Crime-Prediction entwickelt. Diese kann anhand von gesammelten Daten verschiedener Auskunfteien vorhersagen, welche Person demnächst irgendein Verbrechen verüben wird. Damit gehen wir weit über die Vorhersage von Wohnhaus-Einbrüchen hinaus. Das ist ein riesiger Schritt in Richtung allumfassender Sicherheit.«

»Und die Wächter verhaften diese Personen, bevor sie kriminell werden. Das heißt doch, dass die Wächter mithilfe Ihrer Technik unschuldige Menschen einsperren.« Buhrufe kommen aus dem Publikum.

»Es sind Menschen, die eine Straftat begehen werden.« Cettanight hebt merklich seine Stimme, um gegen den Lärm des Publikums anzukommen. »Die Wächter verhaften sie, bevor sie sich schuldig machen. Erst heute Vormittag haben Wächter einen Mann in Gewahrsam genommen, der ansonsten einen Bankraub begangen hätte.«

Die Journalisten fordert die Zuschauer auf, sich zu beruhigen. »Worauf stützen Sie Ihre Prognose?«

»Der Mann hat vor drei Wochen seinen Job verloren und kann seine nächsten Kreditraten nicht bezahlen. Die Crime-Prediction-Software hat zudem ermittelt, dass er im Internet eine Skimaske kaufte, einen Schießplatz aufsuchte und sich laut Standort seines Smartphones in den vergangen Tagen für mehrere Stunden in der Nähe verschiedener Banken aufhielt.«

Ah, die sprechen bestimmt von dem Typen aus dem Parkhaus. Deshalb wurde er verhaftet. Das erklärt auch, warum Harald der Auftrag in der Wirtschaftsauskunftei so wichtig war. Bei der Einführung der Crime-Prediction-Software sollte es in den zuliefernden Systemen keinerlei Probleme geben.

Ich höre heute zum ersten Mal von der Weiterentwicklung des Einbruch-Prognose-Programms hin zu einer umfassenderen Crime-Prediction-Software. Ich sollte die internen Mails gründlicher lesen, wenn sie neue Projekte vorstellen. Aber im Grunde ist es für meinen Job nur wichtig, den Bug zu finden und zu beheben. Softwaresysteme sind für mich alle gleich. Für das Bug-Fixing brauche ich keine detaillierten Informationen darüber, was die Software macht.

»Das sollen klare Beweise sein?«, unterbricht die aufgebrachte Stimme der

Journalistin meine Gedanken. »Der Mann könnte einen Skiurlaub planen, aufgrund seines Hobbys auf einen Schießplatz trainieren und Banken für eine Kreditverlängerung aufsuchen.«

»Das sind natürlich nicht die einzigen Daten anhand derer die Crime-Prediction-Software die künftige Tat des Mannes berechnet. Entscheidend sind ein paar tausend unterschiedlich gewichtete Faktoren. Die genauen Abläufe sind zu komplex, um sie in unserem kurzen Interview detailliert zu erklären«, kontert Cettanight.

An Cettanights Stelle hätte ich auch nicht mehr erläutert. Denn den meisten Personen ist die Farbe eines Buttons wichtiger als seine Aufgabe. Diese Leute glauben auch, man könne die Funktion einer intelligenten Software mal eben mit zwei Sätzen beschreiben. Die sehen auch keinen Unterschied zwischen dem Programmieren von Websites und Sicherheitssystemen.

»Die Beantwortung meiner nächsten Frage ist hoffentlich nicht zu *komplex*. Was passiert mit diesen Bürgern?«, sagt die Journalistin und lehnt sich etwas weiter vor.

Aber nicht weit genug, damit ich die wirklich wichtigen zwei Dinge an ihr besser betrachten kann. Wie schafft es Cettanight nur ihr zuzuhören? Der Kerl hat eine beneidenswerte Selbstbeherrschung.

Josh Cettanight greift nach einem Glas mit Wasser vor sich auf einem verchromten Tisch und nimmt einen Schluck.

»Warum diese Pause, Herr Cettanight? Habe ich Ihnen eine unangenehme Frage gestellt?«, hakt die Journalistin nach.

»Gewiss nicht. Ich hatte einfach nur Durst.« Cettanight stellt das Glas wieder ab und lehnt sich entspannt in seinem Stuhl zurück. »Ein Team aus Psychologen, Kriminologen, Gehirnforschern und anderen bedeutenden Wissenschaftlern testet die Verdächtigen. Nach den Befragungen werden die Testteilnehmer, solange sie keine Bedrohung darstellen, wieder frei gelassen und noch ein paar Monate beobachtet. Es ist eine Art Bewährungsfrist. Bleiben sie unauffällig, können sie ihr Leben unbehelligt weiter fort führen.«

»Sie zwingen diese Personen zu den Tests und berauben sie ihrer Freiheit. Wie sollen die *Testteilnehmer*, wie Sie sie so nett bezeichnen, nach der Verhaftung ohne Vorurteile seitens ihrer Mitmenschen ihr Leben weiter führen?«

»Wir sind um Anonymität bemüht und wer nichts zu verbergen hat, wird freiwillig an den Tests mitmachen, um seine zukünftige Unschuld zu beweisen. Ein unabhängiges Gremium überprüft den Verlauf der Tests und stellt sicher, dass die Menschenrechte gewahrt werden.« Cettanight sieht nun in eine bestimmte Kamera und damit den Zuschauer direkt an. »Die entscheidende Frage ist doch: Wie weit sind wir bereit zu gehen, um unsere Stadt sicherer zu machen? Die Crime-Prediction-Software wird dafür sorgen, dass die Kriminalitätsrate erheblich sinkt und in Zukunft gar keine Verbrechen mehr verübt werden. Unsere Technologie sorgt in unserer Stadt für Recht und Ordnung. Ihre Kinder werden Kriminalität zukünftig nur noch aus dem Fernsehen kennen.«

Die Software ist bahnbrechend! Da gibt es nichts zu kritisieren. Die Nachrichten-Tussi soll sich mal wieder einkriegen. Vor ein paar Jahren wurde auch noch die individuelle Echtzeitwerbung kritisiert, aber heute ist sie Standard und erfreut die Wirtschaft mit hohen Umsatzzahlen. Die Crime-Prediction-Software zieht ihre Daten genau wie die Werbung aus den Informationen der Auskunfteien. Bald ist auch dieses Verfahren normal. Also warum sich jetzt unnötig aufregen und Zeit mit sinnlosen Diskussionen vergeuden?

Die Journalistin stellt weiter bohrende Fragen und ich beginne mich zu langweilen.

Das regt mich auf. Eine Runde Wrestling wäre jetzt genau das Richtige. Ich habe genügend Zeit, bis ich mich mit Jay treffe. Also schalte ich das Interview aus und drehe über meine Datenuhr meine Musikanlage mit den neuesten Techno-Sounds auf.

Wie ich sehe, ist mein Lieblingsgegner online. Peter ist ein 23-jähriger Germanistikstudent, der mich in der Realität nur mit seinen Anekdoten über Goethe erledigen könnte.

Peter geht mit seinem Wrestler gleich zur Sache. Er tritt mit dem Fuß von oben gegen meinen Oberschenkel, ich sacke nach vorn und er schlägt mir mit beiden Fäusten in den ungeschützten Nacken. Ich stürze zu Boden und mein Wrestler verliert Energiepunkte.

Ich rappel mich wieder hoch, hebe Peters Wrestler mit meinem rechten Arm zwischen seinen Beinen an, greife mit dem linken Arm seine Schulter und werfe ihn rücklings zu Boden. Dann drücke ich mein Knie gegen seine Kehle und verdrehe ihm das Handgelenk.

Er packt mich mit beiden Beinen und wirft mich von sich runter. Als er sich auf den Bauch dreht, um auf zu stehen, nutze ich die Gelegenheit: Ich setze mich auf seinen Rücken und drücke mit meinen Knien seine Schultern runter. Mit meinen Händen umfasse ich seinen Kinn und drehe ihn möglichst weit nach hinten. Er gibt auf und das Spiel ist beendet.

Mittlerweile habe ich aufgegessen und schließe Peters Chatfenster, der mir gerade schreiben will, was Goethe zu seiner erneuten Niederlage gesagt hätte.

Ich stehe auf und greife mir einen Korb, um meine Dreckwäsche aus der Wohnung auf zu sammeln. Denn nach der Begegnung mit der Senf-Schlampe habe ich keine saubere Kleidung mehr und lege den Waschtag vor.

Mit dem Korb unter dem Arm sehe ich über die 180-Grad-Kamera auf den Flur und weil die Luft von Sunshines Besitzerin rein ist, husche ich aus meiner Wohnung raus und laufe rasch zum Fahrstuhl.

1. Tag

13:07 Uhr

Im Waschkeller angekommen stopfe ich meine Wäsche in zwei Waschmaschinen, fülle Waschmittel ein und starte das 15-Minuten-Schnell-Programm.
»Hast du nichts mehr zum Anziehen?«, fragt eine leicht raue Frauenstimme.
Ich schrecke zusammen und drehe mich nach der Stimme um.
Nur zwei Meter von mir entfernt sitzt unter dem vergitterten Kellerfenster eine Frau in meinem Alter auf einer Bank und hält einen E-Reader[24] in der Hand. Sie schaut auf mein Handtuch, das gerade soeben meinen Po verdeckt und ein verschmitztes Lächeln huscht über ihr zartes, mit feinen Sommersprossen gesprenkeltes Gesicht. Ihre braunen dichten Locken berühren fast ihre schmalen Schultern.
»Ähm. Ja«, antworte ich und räuspere mich. Wie wortgewandt von mir. So ein Mist.

---

24 Ich schäme mich für alle fremd, die diese Fußnote lesen. Zur Minimierung von Unwissenheit: ein E-Book-Reader kurz E-Reader ermöglicht das Lesen elektronischer Bücher.

Neuer Versuch: »Hab ich dich hier schon mal gesehen?« Ich gehe zu ihr und stelle mich vor sie hin.

»Ich weiß nicht. Hast du mich hier schon mal gesehen?« Sie streicht mit ihrer freien Hand ihren Pony zur Seite.

»Ähm?« Warum schaltet sich mein Hirn ausgerechnet jetzt in den Standby-Modus[25]?

Sie wendet sich wieder ihrem E-Reader zu und scheint sich vorgenommen zu haben, mich nicht weiter zu beachten.

Hirn, wach auf![26]

»Mein Name ist Mint. Wie heißt du?«
Sie blickt nicht auf. Game over.

Ich will mich gerade abwenden, da sieht sie zu mir auf und ihre braunen Augen, die mich an flüssige Schokolade erinnern – warm und verführerisch – ziehen mich in ihren Bann.

»Ich heiße Sofie. Nett, dich kennen zu lernen.« Sie packt den E-Reader in ihre kleine rote Lederhandtasche, legt sie mit dem geflochtenen Riemen über ihre linke Schulter, steht auf und reicht mir ihre Hand.

Sofie ist etwa zehn Zentimeter kleiner als ich. Sie hat den sportlich schlanken Körper einer Tänzerin – bestimmt hatte sie als

---

25 Wie soll ich jetzt erklären, wenn die Funktion meines Gehirns temporär deaktiviert ist?
26 Zum Glück kann ich mein Gehirn wie viele technische Geräte ohne längere Wartezeit wieder aus dem Standby-Modus holen.

Mädchen Ballettunterricht. Sie trägt ein schulterfreies, knielanges, rotes Sommerkleid mit weißen Pünktchen. Der zarte Stoff schmiegt sich perfekt an ihre wohlgeformten weiblichen Rundungen an.

Sehr sexy. Ich grinse zufrieden in mich hinein und greife nach ihrer Hand, die unglaublich weich ist, und erwidere ihren selbstbewussten Handschlag: Nicht zu weich, nicht zu fest, perfekt. Dabei sieht sie mir weiterhin in die Augen. Diese eine Berührung löst in mir ein unerwartet gutes Gefühl aus. Bevor ich darüber nachdenken kann, dass ich mehr als nur ihre Hand an meiner spüren will, da löst sie auch schon ihren Griff und geht an mir vorbei. Ich nehme ihren hauchzarten Rosenduft wahr, der eine leicht orientalische Note hat: Süß und stark zugleich. Wie Sofie.

Sie nimmt ihre Wäsche aus einem Trockner und packt sie in einen Korb. Schwarze Spitzenunterwäsche. Nett. Ich stelle mir vor, wie ich sie auf die Waschmaschine hebe …

»Tschüss, Mint. Vielleicht haben wir demnächst wieder zusammen Waschtag.« Sofie geht mit dem Korb unter dem Arm in Richtung Kellertür.

»Ich will heute in einen neuen Club gehen. Hast du Lust, mich zu begleiten?« Gute Frage. Braves Hirn.

Sie dreht sich ihm Türrahmen zu mir um und lächelt atemberaubend. Ihre Zähne sind nicht perfekt gerade, aber schön natürlich weiß und wenn Zähne sexy sein können, dann sind es ihre. »Sehr gerne«, antwortet sie.

Ich mache innerlich Luftsprünge und lächele zurück. »In welchem Appartement wohnst du? Dann hole ich dich gegen halb zehn ab.«

»Nein, ich hole dich ab. Ich muss noch etwas erledigen. Dann komme ich bei dir vorbei.« Sofie zwinkert mir zu und verlässt den Waschkeller.

Eigentlich will ich protestieren, denn ich habe die Regel, keine Frau in meine Wohnung zu lassen. Aber ich starre einfach nur gebannt auf die Stelle, an der sie gerade eben noch stand. Ihr orientalischer Rosenduft liegt noch in der Luft und ich scheine zu schweben.

Mein Hirn meldet sich vorwurfsvoll und sagt mir, dass sie meine Appartementnummer gar nicht kennt. Ich renne hinaus, aber Sofie ist schon fort.

Mist. Sie hat mich eiskalt abserviert. Und schon lande ich mit einem harten Aufprall in der Realität. Sie hätte auch einfach *nein* sagen können.

Egal. Auf die Gesellschaft von Leuten, die nicht ehrlich sind, kann ich verzichten.

Missmutig schaue ich der Wäsche beim Schleudern zu.

Die Maschine piept als Zeichnen, dass sie fertig ist und ich packe sie in den Trockner. Da es noch kein 15-Minuten-Schnell-Trocken-

Programm gibt, gehe ich zurück in meine Wohnung und nutze die Wartezeit für ein Online-Auto-Rennen und eventuell ein kleines Nickerchen. Schlaf habe ich in letzter Zeit viel zu wenig bekommen.

1. Tag

21:20 Uhr

Der Wecker meiner Datenuhr klingelt. Zeit, sich für den Club fertig zu machen. Also nehme ich mir aus dem Stapel sauberer Wäsche, die ich zwischenzeitlich aus dem Trockner geholt habe, Kleidung heraus. Ich ziehe eine schwarze Jeans und ein neongrünes Shirt – auf dem seitlich in schwarzer Schrift die Zahl *3,14159* ... herunter läuft – an und gehe ins Bad. Dort spritze ich mir kaltes Wasser ins Gesicht und sprühe nochmal Deo unter meine Achseln.

Es klingelt an der Tür.

Genervt blicke ich mir im Spiegel entgegen. Will sich Frau Davahria wieder Butter oder Eier ausleihen, obwohl sie mittlerweile wissen müsste, dass mein Kühlschrank bis auf ein paar Getränke und Fast Food-Reste notorisch leer ist?

Da ich nicht länger warten will, um in den Club zu gehen, ziehe ich mir im Gehen Socken und ein Paar Sneaker an und kontrolliere den Hausflur über die Kamera.

Zu meiner Überraschung steht Sofie vor der Tür. Sie trägt ein rotes Etuikleid mit einem schwarzen Ledergürtel. Die schwarzen High

Heels lassen ihre Gazellenbeine noch schlanker wirken.

Scheiße ist sie heiß!

Tür öffnen, erinnert mich mein Gehirn.

Ich gehorche und öffne ihr die Tür.

»Hi«, sagt sie.

»Hi«, sage ich. »Woher weißt du, in welchem Appartement ich wohne?«

Hinter Sofie sehe ich, wie Frau Davahria in einen rosa Satin-Morgenmantel gekleidet mit Sunshine im Türrahmen ihrer Wohnung steht.

»Hallöchen, Herr Baystrawn! Ich habe etwas im Flur gehört und gehofft, Sie zu treffen.« Sie zwinkert mir zu und als sie Sofie ansieht, scheint ihr Blick töten zu wollen.

Die Alte nervt. Ich seufze und verdrehe die Augen.

Sofie sieht kurz zu Frau Davahria, zuckt mit den Schultern und wendet sich wieder an mich: »Bevor wir beide in den Club gehen, haben wir noch ein wenig Zeit zu vertreiben.« Sofie gibt mir einen Kuss auf die Wange, schiebt mich in meine Wohnung und kickt die Tür hinter uns zu.

Gedämpft höre ich Sunshine knurren. Vielleicht ist es auch Frau Davahria. Wen interessiert es?

Mich hat gerade eine wunderschöne und sehr sexy Frau geküsst. Das lässt mein Herz schneller schlagen und mich gedanklich abschweifen.

»Toller Ausblick«, sagt Sofie und geht zu meiner Fensterfront.

Ich folge ihr und stelle mich dicht neben sie.

Sofie lächelt mich wieder atemberaubend an und ich schmelze erneut dahin. Sie stupst mich mit ihrer Schulter leicht an. Diese kaum wahrnehmbare Berührung lässt einen wohligen Schauder über meine gesamte Haut fahren.

Eine Pause entsteht, während ich mein Hirn zwinge, nicht in den Standby-Modus zu fahren und ich Sofie einfach nur an starre.

Sie bewundert derweil die nächtliche Skyline.

Dann habe ich doch wieder Kontrolle über mein Hirn und sage: »Wie alt bist du? Was machst du so? Bist du erst vor kurzem hier eingezogen? Spielst du gerne Videospiele?«

Äh? Das mit der Kontrolle nehme ich zurück. Besonders brillant sind diese aneinandergereihten Fragen nicht, aber besser als Sofie wortlos schmachtend anzuglotzen.

Komisch, sonst bin ich nicht so nervös bei Frauen. Wenn mir eine gefällt, dann spreche ich sie direkt an – egal wo und wann, denn ich befriedige meine akuten Bedürfnisse, in diesem Kontext mein Verlangen nach schnellem Sex – gerne sofort. Entweder beruht das Gefühl auf Gegenseitigkeit oder nicht.

Geplante Verabredungen habe ich keine. Eine Beziehung wäre mir zu zeitintensiv und zu bindend. Ich schließe grundsätzlich keine Abonnements ab.

Ich fasse die Situation zusammen:

1. Eine Frau steht wie verabredet vor meiner Wohnung.

2. Sie hat mir zur Begrüßung einen Kuss auf die Wange gegeben.

3. Mehr ist zu meinem Bedauern nicht passiert.

Ist das hier gerade ein Date? Wie konnte mir das passieren?

Die Gesundheits-App hat doch recht: Schlafmangel ist auf Dauer gefährlich.

Sofie streicht sich eine lockige Haarsträhne aus dem Gesicht und scheint in Gedanken meine Fragen zu ordnen. Diese kleine Bewegung ist so anmutig und wunderschön, dass ich mir wünsche, sie jeden Tag sehen zu dürfen.

Was denke ich da für einen Mist? Ich sollte dringend Schlaf nachholen. Aus dem Nickerchen ist übrigens nichts geworden, da das Online-Autorennen zu spannend war.

Sofie räuspert sich, bevor sie spricht: »Ich bin 20 Jahre alt und studiere Informatik. Ich habe bislang nur ein einziges Mal ein Ego-Shooter-Spiel ausprobiert. Ansonsten kenne ich mich nicht so mit Computerspielen aus.«

»Heilige Scheiße! Dann haben wir aber einiges nachzuholen. Wie hast du nur einen Platz an der Uni erhalten, wenn du von den wichtigsten Grundlagen keine Ahnung hast? Für den Anfang nehmen wir ein Autorennen.« Ich schalte den Monitor von meinem Computer an.

»Wollen wir nicht in den Club?«

»Ich dachte, wir hätten noch Zeit.« Ich lächle sie verschmitzt an und schreibe Jay schnell eine Nachricht, dass ich doch nicht komme.

2. Tag

0:35 Uhr

Sofies Spielfigur ersticht meinen König mit einem angetäuschten Schwerthieb von schräg unten. Die Klinge bohrt sich durch seine Kehle und bespritzt den goldenen Thron mit seinem Blut.

Mein Siegel auf den Fahnen im Thronsaal verschwindet und an dessen Stelle erscheint das Symbol von Sofies Königreich.

»Ich habe schon wieder gewonnen! Das macht mehr Spaß, als ich erwartet hatte.« Sofie sitzt im Schneidersitz neben mir und hüpft freudig auf und ab.

Frustriert greife ich in die Chipstüte auf meinem Schoß, stopfe mir den Stapel in den Mund und nehme einen Schluck vom Energydrink.

»Ganz toll«, presse ich mit vollem Mund hervor. Scheiß Anfängerglück!

»Soll ich dich trösten?« Sofie steht auf, zieht sich ihr Kleid über den Kopf aus – da sage ich nicht nein – lässt es vor mir fallen und geht nur in schwarzer Spitzenunterwäsche bekleidet in Richtung Schlafzimmer – so darf es weiter gehen – und wirft mir dabei kurz einen verführerischen Blick über die Schulter zu.

  Wenn sich Dates so gestalten, habe ich zukünftig häufiger welche dieser Art.

  Ich spüle schnell die Chipsreste aus meinem Mund mit einem weiteren Schluck Energydrink weg und folge ihr. Sie sitzt am Bettende und als ich vor ihr stehe, packt sie den Bund meiner Jeans und zieht mich zu sich auf das Bett.

  Es ist toll, ich zu sein. Wer wäre in diesem Moment nicht gerne ich?

  Ich liege dicht über ihr und erkunde mit meinen Händen ihren Körper. Meine Finger streicheln über ihren festen, samtweichen Bauch, umkreisen sanft ihre Rippen und tasten schließlich nach der Öffnung ihres BHs, die sich praktischerweise vorne befindet.

  Ein schmerzhafter Stich in meinem Oberarm lässt mich inne halten. Was war das?

  Es klingelt kurz darauf an der Tür.

  Ich bringe Frau Davahria eines Tages noch um.

  Sofie schubst mich grob von sich runter und ich falle zur Seite. Sie steht vom Bett auf und verlässt den Raum.

  Warum macht sie das? »Warte! Von einem Klingeln lassen wir uns doch nicht stören.«

  Mir wird plötzlich ganz flau im Magen und mir ist schwindlig.

Als Sofie zurück kommt, sehe ich sie doppelt und beide Sofies tragen wieder das rote Kleid.

»Wie lauten deine Zugangsdaten von Cettanight Enterprises?«, fragen mich beide Sofies.

»Häh?« Mein Hirn fühlt sich wie Wackelpudding an. Hat sie mir etwas gespritzt? Ich kann nur fragen: »Wa ha du mi gepri?«

Neben den beiden Sofies tauchen zwei Paar exakt gleich aussehende Männer auf. »Nenn uns die verdammten Zugangsdaten!«

»Zuganda'n? Ih ha kan Ahnng«, lalle ich.

»Du hast ihm nur eine kleine Dosis des Beruhigungsmittels verabreicht?«, fragen die Männer synchron.

»Klar«, antworten die Sofies.

Ich liege auf meinen Bett, schaue zur Decke, die sich in einem wilden Strudel über mir dreht und sehe wie sich Sofies zwei Gesichter über mich beugen.

»Wir brauchen deine Zugangsdaten für Cettanights System«, hauchen sie in mein Ohr.

»Ni nu Zuganda'n«, sage ich.

»Zugangsdaten reichen nicht aus? Was braucht man noch?« Weiche Hände streicheln zärtlich meine Wange.

Ich bin zu verwirrt, zu müde, um zu antworten.

»Was ist denn mit dem los?«

Das wüsste ich auch gerne.

»Die Beschreibung auf der Flasche war sehr unleserlich. Ich habe ein bisschen geraten, was drauf steht. Vielleicht habe ich ihm doch eine zu hohe Dosis verabreicht«, sagen die Sofies.

»Dann müssen wir ihn halt mitnehmen.«

Zwei grobe Männerhände packen mich je unter einem Arm, schleifen mich vom Bett und ich sehe den Strudel immer größer werden. Er verschlingt alles um mich herum und dann ist da nur noch ein schwarzes Nichts.

2. Tag – Denke ich.

Ich kann nicht auf meine Datenuhr blicken*.

Als ich die Augen öffne, sehe ich etwas verschwommen. Ob das an den höllischen Kopfschmerzen liegt?

Meine Arme schmerzen auch und meine Hände und Füße kribbeln so, als wären sie eingeschlafen. *Das liegt wohl daran, dass jemand meine Arme und Beine über Kreuz mit – hm, wahrscheinlich Kabelbinder – an einen Stuhl gefesselt hat. Das Plastik schneidet in meine Haut und die harte Stuhllehne bohrt sich in meinen Rücken.

Ich blinzle mehrmals und kann schon wieder etwas klarer sehen. Ich schaue mich, so weit es geht, um.

In circa zwei Meter Entfernung ragen vor mir etwa sechs Meter hohe Backsteinwände ohne Fenster empor. Ansonsten ist der Raum leer. Es könnte eine Art Lagerhalle in einer alten Fabrik sein. Um mehr zu erfahren, müsste ich auch hinter mich schauen können.

Ich blinzle erneut und langsam sehe ich deutlicher, was vor mir ist:

Sofie lehnt an der Mauer, auf die ein Graffiti aufgesprüht ist. Sie trägt kurze, eng anliegende schwarze Shorts, die ihre Gazellenbeine betonen, und ein graues Tanktop. Sehr sexy. Von der Bettkante würde ich sie nicht stoßen.
Da war doch was.
Sofie. Bett. Ich. Oh ja.
Männer. Oh nein.
Sofie kommt zu mir, hebt mit einer Hand mein Kinn an und leuchtet mir mit einer Taschenlampe in die Augen.
Ich kneife die Augen zu und zucke vor dem grellen Licht zurück.
Sofie lässt abrupt mein Kinn los und senkt die Taschenlampe.
Mein Kopf scheint vor Schmerz zu explodieren. Ich möchte schreien, kann mich aber noch soeben zusammen reißen.
Ich atme mehrfach tief ein und aus, versuche mich nicht auf den Schmerz zu konzentrieren und öffne vorsichtig die Augen.
»Wie lauten die Zugangsdaten, um in das System von Cettanight Enterprises zu gelangen?« Sofies Schoko-Augen blicken ungeduldig und alles andere als verführerisch. »Hast du mich verstanden?«, fragt sie und hebt die Taschenlame an, um mich wieder zu blenden.
»Stopp! Das tut verdammt weh!« Langsam ordnet mein Gehirn das Erlebte und woran es sich erinnert, macht mich wütend: »Warum

machst du mich erst heiß, um mich dann mit irgendeinem Zeug kalt zu stellen? Das ist doch Bullshit! Und warum sollte ich dir nach der Nummer meine Zugangsdaten verraten?«, gebe ich gereizt zurück.

Sofie geht ein Stück zurück und stemmt die Hände in die Hüften. »Du arbeitest regelmäßig an verschiedenen Projekten und bekommst dort die notwendigen Zugriffsrechte gewährt. Du hast also eine recht hohe Sicherheitseinstufung. Außerdem warst du für uns eines der leichteren Ziele.«

»Weil ich gerne mit Schlampen ins Bett steige?« Scheiße bin ich wütend. Mein Kopf schmerzt so sehr, als stecke er in einem Schraubstock fest. Was hat die mir nur für ein Zeug gespritzt?

Von der Seite höre ich ein Schnauben. Ich drehe mich um.

Es kommt von einem Berg von Mann. Er ist mindestens zwei Meter groß, hat einen extrem muskulösen Nacken und schwarzes, kurz geschorenes Haar.

Mit einer Hand packt er mich grob an meinem Hals und drückt zu.

»Nenn uns einfach die Zugangsdaten und du kannst nach Hause.« Sofie steht neben dem Stier-Mann.

Ich röchle, denn der Typ schnürt mir gerade die Kehle zu.

»Harko, das reicht«, sagt Sofie ernst.

Stier-Mann drückt nochmal kurz zu und lässt mich los.

Der Stier-Mann steht nun neben Sofie. Er ist komplett in schwarzes Leder gekleidet und trägt schwarze Stiefel mit silberner Metallkappe. Beide Hände hält er lässig vor sich. Auf seiner linken Hand ist das Wort *Gnade* und auf seiner rechten *Tod* tätowiert.

»Hat deine Mutter während ihrer Schwangerschaft Anabolika genommen?« Wenn ich unter zu großem Stress, wie zum Beispiel Todesangst stehe, arbeitet mein Gehirn anscheinend nicht so reibungslos.

Stier-Mann knurrt – dunkel und tief, so als würde es jeden Moment donnern. *Gnade* und *Tod* ballt er zu Fäusten. Eines seiner wütend funkelnden braunen Augen ist blutunterlaufen. Auf seiner breiten Stirn hat er zwei Stierhörner tätowiert und in seiner bulligen Nase steckt ein metallener Ring.

Wenn ihm gleich Rauch aus der Nase steigt, würde es mich nicht wundern.

Hm. Ist in Anbetracht meiner Lage vielleicht nicht ganz so lustig.

Sofie berührt den Unterarm von *Gnade*. »Harko ist kein Mann großer Worte. Er lässt lieber Taten sprechen. Und auch meine Geduld ist am Ende. Her mit den Zugangsdaten und sag uns, was wir noch brauchen, um in Cettanights System zu gelangen.«

»Zusammen mit den Zugangsdaten sichert ein Irisscan das System.« Ich habe keine Lust, Bekanntschaft mit *Gnade* oder *Tod* zu machen. Noch weniger Lust habe ich, die Bekanntschaft mit beiden abwechselnd zu machen.

Ein etwa 1,80 Meter großer, schlaksiger Mann mit Jeans und Shirt steht neben Stier-Mann.

Wo kommt der denn plötzlich her? Ich hatte mich nur auf *Gnade* und *Tod* konzentriert.

Er ist höchstens zwei Jahre älter als ich. Sein schmales, nach unten spitz zulaufendes Gesicht ähnelt dem einer Ratte. Er reicht Stier-Mann einen Eisportionierer.

»Bekomme ich für meine Antwort eine Kugel Eis?«

»Den brauchen wir für dein Auge«, sagt Rattengesicht und als er breit grinst, kommt ein spitzer, silberner Eckzahn zum Vorschein.

»Heilige Scheiße! Habt ihr zu viele Psycho-Thriller gesehen? Es reicht völlig aus, wenn ihr meine Augen hochauflösend abfotografiert.«

»Und was ist mit den Zugangsdaten?«, fragt Sofie völlig ungerührt von der Drohung, mir ein Auge auszulöffeln.

»Gib mir was zum Schreiben.« Selbst ich erkenne, wann ein Spiel verloren ist.

»Wenn du irgendetwas blödes vor hast, wirst du es bereuen.« Stier-Mann löst meine Fesseln an den Händen und Sofie reicht mir Papier und Stift. Meine Füße lassen sie an den Stuhl gefesselt.

»Warum wollt ihr in das System?«, frage ich, nicht weil es mich interessiert, sondern um mit etwas Smalltalk die Situation aufzulockern.

»Das geht dich nichts an. Wenn du zu den Wächtern läufst, besuchen wir dich wieder. Aber nächstes Mal benutze ich das hier.« Rattengesicht hält mir den Portionierer vor das Gesicht.

OK. Falsches Smalltalk-Thema. Es war einen Versuch wert. Sinnloses Gerede, um die Zeit mit uninteressanten Personen zu überbrücken, ist eh nicht so mein Ding. Meine Meinung zu sagen schon: »Erstens ist es mir scheißegal, wenn ihr bei Cettanight Enterprises rumschnüffelt, denn dort gibt es nichts Aufregendes zu finden und zweitens sind die Wächter und ich nicht unbedingt gute Bekannte.«

Unter uns gesagt: Ich bin kein Administrator[27] und daher sind meine Sicherheitsberechtigungen gar nicht so hoch. Meist arbeite ich für Kunden von Cettanight Enterprises, wenn es gilt, einen kniffeligen Bug in der Software zu fixen. Dann erhalte ich nur temporär für wenige Tage die nötigen

---

27 Ein Glück! Jeden Tag für andere downloaden, installieren, Copy und Paste drücken. Da würde ich durchdrehen.

Zugangsberechtigungen. Sofies Schlussfolgerung ist demnach falsch, da dies nicht bedeutet, dass ich überall rein komme.

Wenn meine Entführer so blöd sind und das nicht wissen, dann mache ich mir auch keine großen Sorgen, dass ihr Plan aufgeht. *Falls* sie einen Plan haben, dann wollen sie wahrscheinlich in das System eindringen, um an Daten von geheimen Projekten zu gelangen. Dafür lässt Cettanights Konkurrenz eine Menge Credits fließen. Aber um da ran zu kommen, braucht man mehr als Admin[28]-Rechte.

Natürlich gibt es noch zahlreiche weitere Gründe, um bei Cettanight Enterprises einzudringen. Aber da mir das am Arsch vorbei geht, mache ich mir hierzu keine weiteren Gedanken.

Egal, was sie vorhaben, sie können nichts Schlimmes mit meinen Zugangsdaten anstellen, außer eventuell ein paar Mails über meinen Benutzeraccount zu verschicken. Daher berichte ich davon auch niemandem. Von der Entführung werde ich ebenfalls keinem was sagen. Das würden die Wächter bei meiner Vergangenheit vermutlich als Ausrede interpretieren. Denn irgendwann kommt heraus, dass jemand bei Cettanight Enterprises rumgeschnüffelt hat und dann

---

28 Kurzform für ... na, das kann man sich denken, wenn man denkt.

glauben die, dass *ich* mit diesen Idioten zusammenarbeite und *ich* die Entführung nur vorgetäuscht habe. Ich habe schon so viel Mist miterlebt, dass diese Vorstellung sehr realistisch und nicht paranoid ist. Ich sollte mir für die nächsten paar Tage ein paar Alibis verschaffen.

Ich gebe Sofie die richtigen Zugangsdaten, denn Rattengesicht scheint den Eisportionierer unbedingt nutzen zu wollen. Daher überlege ich auch gründlich, ob ich die nächsten Worte zu ihm sagen sollte.

Drei Sekunden später bin ich zu einer Entscheidung gelangt: »Warum drohst du mir mit einem Eisportionierer? Sind deine Psychopharmaka nicht ordentlich dosiert? Du scheinst nämlich echt Probleme zu haben.«

Rattengesicht lächelt vergnügt. Er nimmt eine Spritze aus seiner Hosentasche, holt damit aus und rammt sie mir mit voller Wucht in den Oberarm.

»Verdammte Scheiße!« Aua! Das tut weh. »Ihr geht mir alle gewaltig auf den Sack! Kommt mir nie wieder in Quere oder ich lösche all eure Daten beim Einwohnermeldeamt und dann habt ihr niemals existiert.« Dafür müsste ich zwar ihre Daten kennen, aber egal, ich bin einfach nur stinksauer.

Das Zeug in der Spritze wirkt schnell und ...

Tag und Uhrzeit?

Ich wache gerade auf!

An meiner Wange spüre ich ein weiches, aber dennoch stabiles Kissen, das in der Mitte eine Vertiefung hat. Ich liege auf meinem Kissen und in meinem Bett. Ich hebe meinen Kopf.
  AUTSCH!
  Schlechte Idee. Besser wieder hinlegen. Mein Kopf fühlt sich an, als wenn mir jemand einen Nagel durch die Schädeldecke haut. Verdammte Scheiße! Selbst wenn ich Schmerztabletten da hätte, wäre ich nicht in der Lage, aufzustehen und welche aus dem Bad zu holen.
  Ich habe sonst nie Kopfschmerzen. Das liegt wohl daran, dass ich mit mir und meinem Leben rundum zufrieden bin. Ich sage, was ich denke und mache, was ich will. Das ist die beste Strategie, um gesund zu bleiben.
  Als ich mir mit der Hand an meine pochende Stirn fasse, bemerke ich, dass mir etwas darauf klebt. Ich nehme es ab und halte es vor mich. Es ist ein weißer Haftnotizzettel – ziemlich retro – auf dem in einer geschwungenen Handschrift steht:

Sorry wegen des Betäubungsmittels. Falls du Kopfschmerzen hast: Schau nach links.
P.S.: Verrate uns und du wirst es bereuen.

Ich bereue, dass Sofie so eine heiße Frau ist und wir keinen Spaß miteinander hatten. Aber mit ihr und ihren Psycho-Freunden will ich nie wieder etwas zu tun haben.

Links neben mir auf meinem Nachttisch steht ein Glas Wasser und daneben eine Packung Schmerztabletten. Als ich mich erhebe und nach dem Glas und der Schachtel greife, dreht sich alles vor mir. Mir ist kotzübel.

Ob das Zeug in der Spritze bleibende Schäden hinterlässt? Eine berechtigte Frage, aber jetzt will ich einfach nur schlafen und nicht mehr denken. Denn das tut gerade höllisch weh.

3. Tag

11:02 Uhr

Ich bin gerade erst aufgewacht und schon ärgere ich mich wieder. Vielmehr bin ich stinkwütend:
Es sind nun fast 35 Stunden seit dem Moment vergangen, in dem sich Sofie als miese Schlampe entpuppt hat. Diese Stunden habe ich größtenteils mit Schlafen verbracht. Was für eine Zeitverschwendung!

Eigentlich genug Zeit, um keinen Gedanken mehr an sie zu verschwenden. Aber die Wut auf mich selbst bleibt. Ich bin nur ein einziges Mal von meiner Regel, keine Frau mit in meine Wohnung zu nehmen, abgewichen und schon passiert so ein Scheiß.

Außerdem bin ich beim Lesen meiner Mails auf eine Meldung mit einem dicken roten Ausrufezeichen gestoßen, die in meinem Spam[29]ordner lag:

Die Crime-Prediction-Software hat ermittelt, dass jemand

---

29 Ständige Unterbrechungen sind genauso nervtötend wie unerwünschte Massen-Mails mit zum Teil werbenden Inhalt.

anonym über Computer in Internetcafés nach beruflichen und privaten Informationen über Sie sucht. Außerdem sah sich diese Person aktuelle Fotos, die Sie in ihrem Alltag zeigen, an. Die Software berechnet eine Wahrscheinlichkeit von 87 Prozent, dass Sie jemand stalkt. Falls Sie Hilfe in Anspruch nehmen möchten, melden Sie sich in der nächstgelegenden Zentrale der Wächter.

Das zeigt, wie zuverlässig die Crime-Prediction-Software Ereignisse miteinander kombiniert.

Und es zeigt, wie mies das Mailprogramm arbeitet. Wie kann es sein, dass es so eine Nachricht als Spam einstuft?

Naja, selbst wenn ich diese Mail frühzeitig gelesen hätte, so hätte ich mit einer Wahrscheinlichkeit von 100 Prozent sofort an Frau Davahria gedacht und diese Nachricht gelöscht. Die Alte geht mir zwar gehörig auf den Sack, aber sie ist harmlos.

Genau wie die Crime-Prediction-Software wäre ich nicht darauf gekommen, dass ich entführt werde.

Zwar macht mich das stinkwütend, aber die Software hatte vermutlich nicht ausreichend viele Hinweise, um etwas anderes als harmloses Stalken zu prognostizieren.

Ich frage mich, wie die Algorithmen dahinter funktionieren. Läuft das wohl über Maschinelles Lernen[30]? Eventuell ist der Datenbestand noch zu klein, um Entführungen zuverlässig vorhersagen zu können.

Unabhängig davon, wie sie genau funktioniert, ist die Crime-Predicition-Software eine coole Technologie. Denn nicht die Software, sondern die Menschen, die sie programmieren, sind fehlerhaft.

Das regt mich alles auf und versaut mir den Tag.

Da hilft nur Sport, um einen klaren Kopf zu kriegen. Zum Glück sind die Kopfschmerzen weg und mir ist auch nicht mehr schwindelig.

Ich stehe aus meinem Bett auf, gehe rüber ins Wohnzimmer und schnappe mir meine 10-Kilogramm-Hanteln. Nach ein paar Übungen für den Bizeps mache ich 50 Liegestütze und zum Abschluss 100 Sit-Ups. Anschließend ziehe ich meine Sachen zum Laufen an.

---

[30] Ein System lernt anhand von konkreten Beispielen aus der Vergangenheit und verallgemeinert diese zu Mustern und Gesetzmäßigkeiten. Das System kann eintretende (auch bislang unbekannte) Situationen dann anhand der gelernten Muster einstufen und Handlungshinweise geben.

Gerade als ich zur Wohnungstür gehen will, schaltet sich mein Monitor von selbst ein.

Ich drehe mich um und der Kopf von meinem Chef Harald erscheint auf der Bildfläche.

Heilige Scheiße! Ich weiche ein Stück zurück.

78 Zoll sind in so einem Moment zu groß.

Meine Datenuhr piept. Ich schalte sie immer wieder auf stumm, aber die stellt sich von allein auf laut. Ich habe den Verdacht, dass dies kein Bug ist, sondern ein Feature.

Ich lese die Nachricht von der Gesundheits-App:

Ihr Blutdruck ist erhöht. Hier finden Sie entspannende 5-Minuten-Übungen.

Um mich von dem Schock zu erholen, bräuchte es mehr als fünf Minuten. Es ist echt beängstigend, wenn urplötzlich das Gesicht eines glatzköpfigen Fettklops auf einem zwei Meter großem Monitor erscheint. Harald ist gerade mal 1,50 Meter groß und wiegt bestimmt achtzig Kilogramm. Es ist nicht zu erkennen, wo sein Hals aufhört und sein Kopf anfängt. Obwohl er fünfzig Jahre alt ist, lassen ihn seine Sorgenfalten wie sechzig beziehungsweise wie einen Mops aussehen.

»Wieso ignorierst du meine Nachrichten?«
Er schnaubt vor Wut und mit einem seiner
Wurstfinger zeigt er anklagend auf mich.

»Sorry, Chef! Mich hat eine Grippe voll
umgehauen.«

»Ja klar. Du meinst wohl eher, dass das letzte
Bier dir nicht bekommen ist.« Seine
quietschige Stimme scheint nun verstärkt zu
sein und dröhnt mir schmerzhaft entgegen.

»Du weißt genau, dass ich keinen Alkohol
konsumiere.«

»Ach ja.« Harald fährt sich mit seiner
klobigen Hand über seine schweißnasse
Glatze. »Aber nun zurück zur Sache.«

»Warum tauchst du uneingeladen auf
meinem Bildschirm auf? Ist das nötig? So früh
am Tag? Und wie hast du ihn eingeschaltet?«

Haralds braune Augen, die tief in seinem
Gesicht liegen, leuchten wie bei einem kleinen
Jungen an Weihnachten, der Geschenke
auspackt. »Gestern hat meine Abteilung die
Genehmigung erhalten, diese Technik zu
testen.«

»Kein Grund mich zu Tode zu erschrecken.«

Harald hebt skeptisch eine buschige
Augenbraue hoch. Was er an Haaren an seinem
Kopf zu wenig hat, hat er im Gesicht zu viel.
»Jetzt übertreib mal nicht, Junge. Du spielst
doch immer diese gewalttätigen Spiele, bei
denen urplötzlich ein Ungeheuer auftaucht und
du ihm den Kopf abschlägst. Dann fürchtest du

dich davor, wenn dein Monitor auf mysteriöse Weise plötzlich angeht?«

Bei den Riesen weiß ich wenigstens, wo ich mein Schwert zum Köpfen ansetze. »Sag einfach, was du willst.«

»Mich hat der Admin Larry gefragt, warum einer meiner Leute von einem privaten Rechner geheime Daten einer der Auskunfteien einsehen wollte.« Harald zupft an seinem dunklen mit grauen Haaren durchzogenen Bart, der fast sein gesamtes Gesicht bedeckt.

»Was geht mich das an?« Mittlerweile müsste Harald mich so gut kennen, dass er mich nicht mit der Seelsorge verwechselt.

»Die Person, die Informationen einsehen wollte, warst du. Warum? Deinen Auftrag hattest du erledigt.«

Mist. Schlampen-Sofie und ihre Psycho-Freunde hätten sich gerne unauffälliger verhalten können.

»Genau. Daher irrt sich der Admin. Wieso sollte ich in meiner Freizeit so etwas tun? Und selbst wenn, dann hätte ich sie eingesehen und es nicht nur versucht.«

»Larry hat mir das Verlaufsprotokoll gezeigt und du hast dich mit deinem Passwort und deinem Irisscan eingeloggt.«

Als wenn ich für soetwas meine eigenen Daten nutzen würde. Diese Unterstellung finde ich unverschämt und bestätigt Haralds

Inkompetenz und fehlende Menschenkenntnis. Er ist ein Steinzeit-Informatiker, der aufgrund von nostalgischen Gefühlen eingerahmte Lochkarten auf seinem Büroschreibtisch stehen hat. Warum steht er – so ein alter Sesselpupser – in der Hierachie über mir?

»Wieso nervst du mich, wenn die firmeninterne Softwareabteilung es nicht geschissen bekommt, ihre Bugs zu beseitigen?«

»Jetzt werd aber nicht frech. Deine Kollegen leisten sehr gute Arbeit und das jeden Tag.«

»Wenn sie nicht zu sehr damit beschäftigt wären, sich Kekskrümmel aus den Zähnen zu pulen, dann würden wir dieses sinnlose Gespräch nicht führen. Ich war ein Mal bei einem Meeting dabei und der oberste Diskussionspunkt war *Fördern Snacks bei Meetings die Kreativität?* Nach 20 Minuten waren die Teller mit Keksen leer, es wurde einstimmig für Snacks gestimmt, aber keine Lösung für das Softwareproblem gefunden.«

»Wie kannst du nur so etwas sagen? Das ist absolut respektlos. Findest du es in Ordnung, dass du nur nach Lust und Laune arbeitest?« Haralds unbehaarte Stellen im Gesicht sind dunkelrot.

Herrje! Jetzt bin ich schuld, da ich flexible Arbeitszeiten habe. Wie der Name schon sagt, *arbeite* ich in dieser Zeit. In mir kocht die Wut über. »Ich bin nur ehrlich. Und wer das nicht ertragen kann, ist neidisch. Ich bin clever genug, mich nicht in einem Büro versklaven zu lassen.«

»Sei nicht immer so selbstgefällig und arrogant.«
Harald lässt seinen Frust natürlich wieder an mir ab, da er zu Hause nichts zu melden hat. Seine Frau nörgelt jeden Tag an ihm herum. Damit wird sie wohl auch nicht aufhören, selbst wenn sie endlich eines der seltenen Einfamilienhäuser nahe des Stadtzentrums hat. Dieses Verhalten hat sie auch an die Teenager-Töchter weiter gegeben: Stets übel gelaunte Zicken-Diven, die alles haben wollen, was ihnen die individuelle Echtzeitwerbung zeigt.

»Ich nenne nur die Fakten.«
»Junge, du bist nicht allein auf der Welt. Du darfst die Gefühle anderer nicht ständig verletzen, wenn du nicht eines Tages ganz allein dastehen willst.« Harald setzt seinen Der-arme-Junge-hätte-einen-guten-Vater-gebraucht-Blick auf.

Und ich finde, Harald bräuchte einen guten Scheidungsanwalt, damit er sich mal so richtig entspannen kann. Ich verstehe nicht, wie er mit so einer Furie von Frau zusammen sein kann. Harald furzt sicherlich erst, nachdem sie es ihm erlaubt hat. Das kann einen aber auch echt verspannen.

»Ich komme sehr gut klar und wer mit der Wahrheit nicht umgehen kann, der ist selbst schuld.« Lieber bin ich allein, als so wie Harald zu enden. Ich entscheide selbst über mein Leben.

»Ich will mich nicht noch länger mit dir streiten.« Endlich kommt Harald zur Vernunft. »Wer wollte dann auf die Daten zugreifen?«

»Es hat niemand die Daten eingesehen. Also ist alles paletti! Von mir aus verschwende auf der Suche nach einem nicht vorhandenen Problem deine Zeit. Aber vergeude nicht meine.«

»Von dir erwarte ich keine weitere Hilfe. Aber hör auf mich: Deine Art eckt an und nur mit deinem Talent wirst du nicht immer weiter kommen.«

Blablablabla. »Ich will Joggen.«

Harald schnaubt und der Monitor schaltet sich aus.

Ich nehme die Sport-Game-Brille und die hellgrüne Game-Pistole – beides Testobjekte der Unterhaltungsabteilung von Cettanight Enterprises – von meiner Kommode und trete in den Hausflur.

Kaum ist meine Tür zu, öffnet Frau Davahria ihre Wohnungstür. Da hilft auch kein vorheriger Check des Kamerabildes meines Türspions.

Kann dieser Morgen echt noch grausamer werden?

»Hallöchen, Herr Baystrawn!«

Ja.

Frau Davahrias Frisur ist wie immer tornadosicher und ihre Kombination aus orangefarbener Leggings und Tigerfell-gemusterter Bluse brennt sich mir in die Netzhaut. An ihrer Seite ist wie gewohnt Sunshine. Aber irgendetwas ist heute anders an dem stresspinkelnden Wadenbeißer. Er ist in meiner Nähe völlig entspannt und sein Blick ist leer. Der funkelnde Hass ist weg.

Frau Davahria scheint meinen skeptischen Blick bemerkt zu haben. »Meine Sunshine war immer so nervös und hat überall hin gepinkelt. Als die Tabletten sie nicht mehr beruhigen konnten, habe ich sie wie es in der Werbung so schön heißt *gegen eine bessere Version des besten Freundes des Menschen* ausgetauscht. Den Roboterhund hat Cettanight Enterprises nach dem Abbild meiner süßen Sunshine gebaut und heute früh geliefert.«

Der Roboterhund, der viel gruseliger als die echte Version ist, wedelt monoton mit dem Schwanz. Wer genauer hinsieht, glaubt ein ausgestopftes Exemplar vor sich zu haben. Da müssen die Techniker noch etwas an der Natürlichkeit arbeiten.

»Ist mir egal.« Ich setze meine Sport-Game-Brille auf und bevor Frau Davahria noch etwas sagen kann, laufe ich zum Fahrstuhl, nehme aber doch die Treppe daneben. Eine zu lange Wartezeit kann ich nicht riskieren. Frau Davahria ist wie Sekundenkleber. Den wird man nie wieder los, wenn man ihn erst an sich ran gelassen hat.

3. Tag

11:43 Uhr

Als ich endlich aus dem Haus raus bin, begrüßt mich zu meiner Überraschung ein milder Wind. Die schwüle Hitze der vergangenen Tage ist vorbei. Meine Laune hebt sich schlagartig und ich laufe los zu einem öffentlichen Park, der nur ein paar Straßen weit entfernt ist.

Über meine Datenuhr, die mit meiner Sport-Game-Brille verbunden ist, starte ich das Programm, das mich beim Laufen mitten in eine Spielszene integriert, die nur ich sehen kann. Die Game-Brille zeigt dazu all das in meiner Umgebung, was ich auch ohne Brille sehen würde. Zusätzlich projiziert sie einzelne grafische Spiel-Elemente in mein Auge. Meine Aufgabe als Spieler ist, diese Spielelemente zu erkennen und mit der Plastik-Pistole zu erschießen. Als diese Technik noch sehr neu und damit nicht weit verbreitet war, haben mich die Leute oft verdutzt angesehen und ab und zu die Wächter gerufen. Verständlich, wenn jemand imaginäre Gegner mit einer Waffe ausschaltet oder sie auch mal gegen reale Leute richtet, wenn noch nicht klar ist, ob diese zum Spiel dazu gehören. Dann erscheint im Display das Wort *PINTS*, um mir zu signalisieren: Person ist **n**icht **T**eil des **S**piels.

Die Wächter gehen damit erstaunlich gelassen um. Meine Pistole ist hellgrün, damit sie wissen, dass ich nur im Spiel mein Ziel anvisiere und nicht wie ein Irrer wahllos mit einer Waffe herum fuchtel.

Während ich laufe, halte ich die Pistole in Brusthöhe vor mich und beobachte meine Umgebung. Voller Vorfreude spüre ich bereits jetzt die Spannung durch meine Adern pulsieren. Ich merke, wie sich all meine Nerven bereit halten, um in Sekundenschnelle zu reagieren.

Ich fühle mich extrem lebendig und zu allem bereit. Was für ein cooles Gefühl!

Eine Frau, die einen Kinderwagen vor sich her schiebt, kommt auf mich zu. Im Display der Brille steht PINTS PINTS. So weiß ich, dass beide Personen nicht zum Spiel dazu gehören.

Der Spielverlauf ist nie gleich. Beim letzten Mal kam aus einem Kinderwagen ein weißes Kaninchen mit roten Augen heraus gesprungen, das mit Schwertern bewaffnet auf mich zu raste.

Betätige ich ohne Grund die Pistole, dann vergeude ich Munition, ohne dass ich Punkte dafür bekomme. Beim *Erschießen* nicht zum Spiel zugehöriger Personen zieht mir das Spiel sogar Punkte ab. Diese sozialen Regeln haben die Spieleentwickler einbauen müssen, um Kritiker des Spiels zu besänftigen.

Naja, da könnte man noch Stunden über das Pro und Contra diskutieren.

Ich will jetzt Spaß haben!

Links von mir steht auf einem Schaustellerpodest eine Person, die sich als lila Teddybär mit einem rosa Herzen auf der Brust verkleidet hat. Bestimmt gehört sie zu diesen Leuten, die einen wie aus dem Nichts umarmen und glauben, der Person damit den Tag zu verschönern.

Das ist total beschissen. Wessen Tag wird schöner, wenn man hinterhältig von einem umarmt wird, der im Hochsommer in einem Kuscheltieranzug schwitzt?

Also meiner nicht. Bislang war ich immer schneller und konnte weglaufen.

Der lila Bär steigt von seinem Podest, das mit glitzernden rosa Sternchen beklebt ist und läuft hinter mir her.

Was ist das denn für ein lästiges Exemplar eines Kuschel-Fetischisten?

Während ich davon laufe, blicke ich hinter mich. Der lila Bär holt auf.

Mittlerweile hat die Sport-Game-Brille den Bären geprüft. Manchmal dauert der Scan extra lange, um die Spannung zu erhöhen. Ich genieße das Kribbeln im Bauch und grinse aufgrund des erfreulichen Ergebnisses: *Game-Ziel: Eliminieren.*

Was für ein schöner Tag!

Der lila Bär steckt seitlich eine Pfote unter sein rosa Herz und holt ein Maschinengewehr hervor.

Ich rolle mich über meine Schulter ins Gras ab und suche hinter einen Baum nach Deckung.

Mein Rücken lehnt an der rauen Rinde, mein Atem rast und ich kann es kaum erwarten, mich für alle ungefragten Umarmversuche zu rächen.

Mit gezückter Pistole schaue ich vorsichtig am Baum vorbei.

Der lila Bär steht auf dem Gehweg, das Maschinengewehr vor sich haltend, um mich zu erledigen, sobald ich in sein Sichtfeld komme.

Ohne noch länger zu zögern, ziele ich auf seine plüschige Stirn und drücke ab.

Lila Fell und weißes Füllmaterial spritzen durch die Luft. In seinem Kopf klafft ein ausgefranstes Loch.

Auf meiner Brille erhöht sich die Punktzahl und der lila Bär verschwindet.

Ich laufe weiter, freue mich über meine persönliche Rache an Kuschel-Fetischisten und bemerke erst spät, wie der Lauf einer Pistole seitlich aus dem Aktenkoffer eines Mannes im grauen Anzug hervor schaut.

Während die Kugel auf mich zu fliegt, blinkt das Wort *Gefahr* auf meiner Brille.

Die Kugel verfehlt mich knapp und ich werfe mich schutzsuchend hinter eine Parkbank. Ich ziele durch eine Lücke in der Rückenlehne auf den Typen.

Ein Jogger, dessen Arme und Beine ein Exoskelett stärken, läuft durch den Anzugträger hindurch, da er ihn nicht sehen kann.

Kaum ist der Läufer fort, drücke ich ab und ein roter Fleck erscheint auf der Brust meines Gegners. Er fällt rücklings zu Boden und löst sich auf, während meine Punkte steigen.

Auf dem Weg zurück zu meiner Wohnung greift mich noch eine Großmutter in einem Blümchenkleid mit einem Kurzschwert an. Mit einem gezielten Schuss puste ich ihr die kleinen grauen Löckchen vom Kopf.

Das tat richtig gut. Jetzt ist es wieder toll, ich zu sein!

3. Tag

12:30 Uhr

Nachdem ich geduscht habe, ziehe ich Jeans, Sneaker und ein dunkelgrünes Shirt an auf dem zwei orange Pfeile nach rechts und links zeigen und darunter *Umgeben von Bugs*[31] geschrieben steht.   Ich verlasse meine Wohnung und lasse mich von meinem Auto zum Krankenhaus fahren, um mich durchchecken zu lassen. Die verpflichtende jährliche Gesundheitsuntersuchung ist bei mir eh fällig und so kann ich prüfen, ob das Zeug in der Spritze neben krassen Kopfschmerzen noch mehr Nebenwirkungen hat.

Vor mir taucht das Krankenhaus, ein gewaltiger Würfel aus Stahl und Glas, auf. Es ähnelt eher einem Museum für moderne Kunst als einer medizinischen Einrichtung. An der gläsernen Fassade spiegelt sich eine Parklandschaft. Genauer gesagt, ein englischer Garten, den die Stadt direkt vor dem Gebäude angelegt hat.

---

31 Stecke ich damit zu viele Leute in eine Schublade? Nein. Es ist ziemlich sicher, dass ich heute auf mehr menschliche Fehler treffe, als auf produktive soziale Verbindungen.

Mein Auto parkt im Parkhaus und ich gehe über eine gläserne Brücke zum Eingang.

Sobald ich das Gebäude betrete, weht mir der beißende Geruch von Desinfektionsmitteln entgegen. Beim Anblick der Menschen, die sich im Wartebreich vor der Anmeldung auf den roten und weißen Plastikstühlen eng aneinander drängen, wird mir übel.

Ich hasse kranke Menschen. Das Niesen, das Husten, die Flüssigkeiten die aus ihren Körpern tropfen. All das löst in mir den Wunsch aus, schnellstmöglich von hier zu verschwinden.

Dagegen empfinde ich bei einem Horror-Film mit zerfledderten und faulenden Zombies die schönsten Glücksgefühle und mampfe entspannt Popcorn.

Die Frau bei der Anmeldung scheint nicht viel älter zu sein als ich es bin. Ihre langen blonden Haare hat sie zu einem Zopf nach hinten gebunden. Sie bläst monoton grüne Kaugummiblasen aus ihrem rot geschminkten Mund und ihr gequälter Gesichtsausdruck zeigt deutlich, wie sehr sie sich langweilt. An ihrer hellblauen Krankenhausuniform hängt ein Namensschild auf dem *Jacque* steht.

»Hallo, Jacque.«

»Ich heiße Jacqueline. Das Namensschild ist zu klein«, antwortet sie und bläst mir eine beneidenswert große Kaugummiblase entgegen, die mit einem leisen *Pleng* zerplatzt.

Geschickt fischt sie die Reste mit ihrer Zunge in den Mund und kaut weiter.

»Thomas Baystrawn. Ich habe online den 13:15 Termin zum jährlichen Check erhalten.«

Jaqueline zeigt auf einen in den Tresen eingelassenen Scanner. »Bitte hier Ihren Zeigefinger drauf legen und im Wartebereich hinsetzen. Sie werden aufgerufen.«

Als der Scan fertig ist, trete ich vom Tresen weg und drehe mich zum Wartebereich um.

Aus der hintersten Ecke winkt mir überraschenderweise Jay zu und ich gehe zu ihm.

Er wippt auf einem roten Plastikstuhl direkt neben einem Wasserspender auf und ab. Er trägt ganz wie seine Eltern es sich wünschen ein dunkelblaues Poloshirt. Dazu trägt er Jeans und Sneaker in Batikoptik – Jays Art zu rebellieren. Auch heute lugt eine nicht zu bändigende rote Haarsträhne wie eine Antenne an seinem Kopf hervor, obwohl er seine Haare mit reichlich Haargel als Scheitel zur Seite gekämmt hat.

»Was machst du hier?«, frage ich.

»Ich bin mit meinem Vater zum Mittagessen verabredet«, sagt Jay mit seiner sehr hohen – in emotionalen Situationen quietschigen – Stimme, und trommelt nervös mit den Fingerspitzen auf seinen Oberschenkeln.

»Aber was machst *du* hier?«

»Meinen letzten Pflicht-Check habe ich versäumt und eine Mahnung erhalten. Jetzt gehe ich rechtzeitig hin.«

»Mint und pflichtbewusst? Jetzt mache ich mir ernsthaft Sorgen.« Jay sieht mich eindringlich an und hebt eine Augenbraue. Dieser mir nur allzugut bekannte allwissende Blick zeigt, dass er mehr hinter meinem Verhalten vermutet, als ich zugeben will.

»Ich will echt nur zum Check.« Wenn Jay wüsste, dass ich betäubt, entführt und meine Zugangsdaten für illegale Zwecke benutzt wurden, würde er durchdrehen und Fragen stellen wie: Hast du eine Ahnung, was Chemikalien in deinem Körper anrichten können? Warum zeigst du die Typen nicht an? Was passiert mit dir, wenn du deinen Job verlierst? Kannst du deshalb ins Gefängnis kommen? Was ist, wenn sie dich wieder entführen und dich foltern? Oder einen deiner Kollegen?

Nichts was ich sagen würde, könnte Jay beruhigen. Daher erspart mir das Auslassen von Fakten, stundenlange Diskussionen.

Jay ist eher der emotionale Typ. Ich hingegen bleibe völlig gelassen – abgesehen von ein paar Wutausbrüchen kombiniert mit Kraftausdrücken, die ich für angebracht halte. Wer wäre bei dem, was mir passiert ist, nicht angepisst?

Rational betrachtet ist nichts Schlimmes vorgefallen und ich bezweifle, dass Schlampen-Sofie und ihre Freaks nochmal mit mir Kontakt aufnehmen. Mittlerweile haben sie wohl erkannt, dass ihnen meine Zugangsdaten nicht weiter helfen. Wenn sie einen meiner Kollegen *zu Rate ziehen*, dann kann dieser selbst entscheiden, wie er damit umgeht. Das ist dann nicht mein Problem.

»Na gut. Andere Frage: Warum hast du mir kurzfristig für den Club abgesagt? Ich hatte mich schon so darauf gefreut, dich abzuzocken«, wechselt Jay, gutgläubig wie er ist, das Thema.

»Herr Thomas Baystrawn. Zimmer 207«, ruft eine weibliche Stimme aus dem Lautsprecher.

»Wir sprechen später«, sage ich, verlasse den Wartebereich und gehe in das mir zugewiesene Behandlungszimmer.

Hier mache ich mal einen Erzähl-Stopp. Denn bei der Untersuchung will ich niemanden dabei haben. Das ist doch sehr privat.

Etwa zwanzig Minuten später ...

... verlasse ich den Raum mit der medizinischen Gewissheit, dass bei mir alles in Ordnung ist. Dank Analyseverfahren von Cettanight Enterprises liegen dem Arzt meine Ergebnisse ruckzuck vor.

Viele Bürger kritisieren die Monopolstellung von Cettanight Enterprises und seinen Techniken. Die haben doch alle den Arsch offen! Jede neue technische Errungenschaft aus Cettanights Firma hat das Leben in dieser Stadt bereichert. Wenn die Nörgler aber eine lebensrettende Blut - und DNA-Untersuchung binnen Minuten brauchen, halten sie die Klappe.

Als ich am Wartebereich in Richtung Ausgang vorbei gehe, ist Jay nicht mehr an seinem Platz.

Bei der Anmeldung stehen vier Wächter, die Jacqueline ein Foto zeigen.

»Herr Baystrawn wurde vorhin aufgerufen. Vermutlich ist er noch im Behandlungszimmer«, sagt sie und bläst dem Wächter eine winzige Kaugummiblase entgegen. Darin scheint Jacqueline talentiert zu sein. Aber das ist jetzt nicht so wichtig.

Was wollen die Wächter von mir?

Da ich das gerade nicht heraus finden möchte, verlasse ich, während die Wächter zu den Behandlungsräumen gehen, rasch das Krankenhaus über die gläserne Brücke.

Wenn die Wächter mich wirklich dringend sprechen wollen, werden sie wieder auf mich zukommen.

Aber jetzt bin ich einfach mal nicht erreichbar. Denn nachdem ich nicht gefrühstückt habe, bin ich schrecklich hungrig und habe keinen Bock auf ein zeitverzögerndes Geplauder mit Ordnungshütern.

Als ich im Auto sitze, lasse ich mich vom Gelände fahren.

Auf meine Anweisung hin hält das Auto ein paar Minuten später direkt vor einem Drive-in-Automaten und ich bestelle eine Portion Pommes, zwei Burger mit Käse und einen großen koffeinhaltigen Softdrink.

Ich halte zum Bezahlen mein Auge vor den Scanner und freue mich auf die fettig-süße Mahlzeit, die meine Laune bessern wird.

»Keine Abbuchung von Credits möglich«, sagt die technische Stimme aus dem Lautsprecher.

Was? Mein Konto ist gut gefüllt. Ich wiederhole den Vorgang.

»Keine Abbuchung von Credits möglich.«

Auch die Abbuchung über meine Datenuhr akzeptiert der Automat nicht.

So ein Mist! Wer hat alle Bugs befreit, damit sie meinen Tag so beschissen machen? Am liebsten würde ich aussteigen und gegen den Automaten treten. Aber da das mein Problem nicht lösen wird, befehle ich dem Auto, mich nach Hause zu fahren.

Wenn ich wieder in meiner Wohnung bin, schreibe ich meiner Bank eine böse Mail und nenne ihnen darin mögliche, sicherlich auch personenbezogene Fehlerquellen und deren Lösung, damit ich möglichst bald wieder zahlungsfähig bin. Ich habe Hunger und bezweifle, dass die Tiefkühlpizza in meinem Gefrierfach noch haltbar ist.

3. Tag

14:22 Uhr

Kaum steht das Auto in meiner Parklücke, laufe ich aus dem Parkhaus raus. Ich will einfach nur noch nach Hause und meinen Frust in einer Mail ablassen. Vielleicht rufe ich auch direkt bei der Bank an. Die Wahrscheinlichkeit, einen inkompetenten Mitarbeiter herunterputzen zu können, ist hoch. Das wird mir auch Freude bereiten und mich über die Essensverzögerung hinwegtrösten.

Auf dem Bürgersteig laufe ich in Richtung Wohnung und halte an, als mich eine Mauer aus Rücken stoppt.

Mist! Bestimmt steht die Fußgängerampel wieder ununterbrochen auf Rot.

Staus gibt es zwar seit Einführung der autonomen Autos nicht mehr, aber für plötzlich auftretende Fußgänger-Verstopfungen gibt es noch keine Lösung.

Neben mir an der Wand eines Gebäudes hängt ein Flatscreen für Werbung auf dem komischerweise nun die Nachrichten laufen.

»Der Informatiker Thomas Baystrawn wird als zukünftiger Mörder gesucht. Die Crime-

Prediction-Software hat ermittelt, dass er in naher Zukunft seine Nachbarin Frau D. ermordet.«

Was? Ich starre auf den Bildschirm.

»Da es sich hierbei um eine schwerwiegende Straftat handelt, wenden sich die Wächter nun an die Öffentlichkeit, um den Mörder rechtzeitig zu stoppen.«

Zweifelsohne hatte ich schon Mordgedanken bezüglich Frau Davahria. Die alte Schachtel nervt mich halt extrem. Aber sie es nicht wert, dass ich wegen ihr ins Gefängnis komme.

»Frau D. leidet an Epilepsie. Die Crime-Prediction-Software hat Hinweise auf ein Programm auf Baystrawns Computer gefunden, das beim Einschalten eines Fernsehers tausende Bilder in wenigen Sekunden anzeigt. Diese Bilderflut würde bei Frau D. einen epileptischen Schock auslösen, der tödlich enden kann. Dieses Programm könnte auch weitere Fernsehgeräte infizieren und damit andere Erkrankte in Gefahr bringen.«

Was für ein Bullshit!

»Bereits als Jugendlicher ist Thomas Baystrawn durch Straftaten als Hacker ins Visier der Wächter geraten. Sein Vater war ein brutaler Schläger und seine Mutter drogenabhängig. Kein Wunder, dass aus ihm nun bald ein Mörder wird.«

Stiefvater. Egal. Was soll die Scheiße?

Auf dem Bildschirm erscheint nun das Foto von meinem Mitarbeiterausweis.

»Thomas Baystrawn arbeitet als Programmierer für Cettanight Enterprises.«

Etwas zieht an meinem Shirt.

Ich sehe an mir runter und blicke in das Gesicht eines Mädchens, das mit seiner kleinen Hand an meinem Shirt zupft.

»Du bist im Fernsehen«, sagt sie und ihre hellblauen Augen strahlen vor Begeisterung.

Ich bin gar nicht begeistert.

Die Leute vor mir gehen über die Straße und ich renne los, drängle mich so schnell wie möglich durch die Fußgängermasse hindurch.

3. Tag

14:34 Uhr

Verschwitzt und nach Luft schnappend komme ich an der Haustür an. Sobald ich in meiner Wohnung bin, rufe ich nicht sofort bei der Bank, sondern bei der Sicherheitsabteilung von Cettanight Enterprises an. Was haben die Kollegen da nur für einen Bockmist gebaut?

Auf dem Weg hierhin hat meine Datenuhr mehrmals gepiept. Jetzt schon wieder. Wenn ich die Nachrichten nicht bestätige, explodiert das Teil noch. Kurz zusammen gefasst, hält die Gesundheits-App meinen Puls für zu hoch.

In Anbetracht dessen, was mir gerade passiert, halte ich es für angemessen, gestresst zu sein: Ich habe Hunger, komme nicht an meine Credits und ich werde als zukünftiger Mörder gesucht. Wenn das so weiter geht, streiche ich *zukünftig*.

Ich blicke in die Kamera an der Haustür.

Zugriff verweigert erscheint auf dem Display.

Scheiße!

Ich versuche es erneut. Ohne Erfolg.

SCHEIßE!

Noch gebe ich nicht auf.

Zugriff verweigert
SCHEIẞE!
Ich lehne meine Stirn an die kalte Tür und versuche einen Lösungsweg zu ermitteln.

»Da ist er«, brüllt eine männliche Stimme.

Ich blicke nach rechts.

Sechs Wächter laufen mit gezückten Pistolen auf mich zu.

Ich will nach links weg laufen. Dort erwartet mich das gleiche Szenario.

Hinter mir höre ich etwas quietschen.

Ich blicke mich um und sehe einen braun lackierten Transporter, der am Straßenrand hält.

Die Schiebetür gleitet zur Seite und verfluchter Mist!

Der Stier-Mann steigt aus, packt grob meine Arme und zieht mich mit sich.

Ich will mich los reißen.

Aber sein Griff gleicht dem eines Schraubstocks.

Ich trete mit ganzer Kraft gegen sein Schienbein.

Er scheint davon nichts zu merken. Ungehindert schleift er mich zum Transporter und hievt mich in den Innenraum. Die Schiebetür geht zu und der Wagen fährt los.

Ich trete wild um mich. »Von dir lass ich mich nicht abmurksen!«

Plötzlich steht Sofie vor mir. »Gott, bist du immer so paranoid?«

»Nein. Aber nenn mich doch Mint.« Ich grinse in mich hinein.

Sofies schiefes Lächeln weiß ich nicht zu deuten.

Doch dann sehe ich eine Spritze in ihrer Hand. Ich wehre mich noch heftiger gegen Stier-Manns Griff. Völlig nutzlos, denn Sofie sticht mir in den Oberarm.

Nicht schon wieder!

Vo mi beginn all zu schwimn ...

Tag und Uhrzeit?

Was für ein beschissenes Déjà-vu!*

Ich öffne die Augen und sehe in etwa fünf Metern Entfernung die dunkelrote Backsteinmauer. *Meine Arme sind mit Kabelbindern an die Lehnen eines Stuhls gefesselt. Das kommt mir ebenfalls bekannt vor.

Da treten Sofie und Rattengesicht vor mich.

»Du Miststück! Mach mich los! Dann werde ich dir mal eine Spritze rein jagen.« Selbst ich weiß, dass die Kombination aus einer Beleidigung, einem Befehl und einer Drohung nicht zu meinem gewünschten Ziel führt. Aber ich bin halt stinksauer.

»Ein Dank wäre wohl angebracht. Immerhin haben wir dich vor den Wächtern gerettet«, sagt Sofie.

»Soll ich mich etwa dafür bedanken? So wie ich das sehe, habt ihr mich erst in diese Scheiße rein geritten. Und das Zeug in der Spritze? Ich habe wieder höllische Kopfschmerzen. Bleiben eigentlich Schäden? Ich verdiene Credits mit dem Wissen in meinem Gehirn. Schon mal was von nett bitten gehört?«

»Du wolltest nicht freiwillig mitfahren.« Damit hat die miese Bitch recht. »Und wir mussten wegfahren, um den Wächtern zu entkommen. Keine Sorge, Kopfschmerzen sind die einzige mir bekannte Nebenwirkung.«

»Ah! Dann ist ja alles in Ordnung. Danke, dass ihr meine Zugangsdaten genutzt habt, um zu spionieren und mir damit die Wächter auf den Hals zu hetzen. Und auch einen großen Dank für die zweite Entführung mit Gewalteinsatz. Und bevor ich es vergesse: Besten Dank, dass ihr ein Betäubungsmittel mit vermutlich nur einer Nebenwirkung verwendet habt.« Ja, das meine ich sarkastisch. »Ich habe Kopfschmerzen, die mich kaum klar denken lassen, werde von Wächtern wegen zukünftigen Mordes gesucht und bin an einen Stuhl gefesselt. Dank wollt ihr? Ihr seid doch so was von krank!«

»Ich wusste doch nicht …«, seufzt Sofie.

Wenn die gleich heult, krieg ich einen Tobsuchtsanfall. Besser schon jetzt: »Ist mir so was von scheißegal, was du wusstest. Unwissenheit ist keine Entschuldigung. Dann informier dich halt! Aber eines weiß ich: Du und deine Freak-Freunde bringt das wieder in Ordnung!«, schreie ich.

Rattengesicht bäumt sich vor mir auf und hält eine Hand an den Eisportionierer in seiner

Hosentasche wie Cowboys ihre Revolver am Gürtel berühren, kurz bevor sie schießen. »Ich denke wir lassen dich frei und dann können dir ja die Wächter helfen. Was die wohl mit einem gesuchten Mörder machen?« Rattengesicht grinst hämisch und sein spitzer, silberner Eckzahn blitzt auf.

»Nein Stefan. Wir müssen ihn vor den Wächtern verstecken. Du weißt warum«, sagt Sofie.

Rattengesichts Züge werden weicher und er sieht Sofie zärtlich an.

Vor Jays nervtötenden Erklärungen fiel es mir schwer, nonverbale Signale zu deuten. Aber er ließ so lange nicht locker, bis ich darin besser wurde. Sehr hilfreich finde ich diese Fähigkeit allerdings nicht. Eher zeitraubend. Ein Beispielszenario:

Erstens: Ich weise eine Person ehrlich auf ihre Fehler hin.

Zweitens: Die Person ist deswegen wütend auf mich. Das zeigt ihre Mimik: Ein zorniger Blick kombiniert mit Beschimpfungen.

Drittens: Ich entschuldige mich für meine wertfreie Feststellung nicht. Vielmehr erkenne ich in der Reaktion des Anderen einen weiteren charakterlichen Fehler und zwar sich persönlich angegriffen zu fühlen. Darauf mache ich die Person ebenfalls aufmerksam.

Viertens: Sie ist noch wütender. Das zeigt mir ihre Gestik: Oft ein ausgestreckter

Mittelfinger kombiniert mit ein oder mehreren Kraftausdrücken.

Ich entschuldige mich nicht, stelle noch mehr Fehler fest ...

Da drehe ich mich doch nur im sinnfreien Teufelskreis und verschwende meine Zeit.

Dieses Szenario halte ich sinnvoll für beide Seiten:

Erstens: Ich weise eine Person ehrlich auf ihre Fehler hin.

Zweitens: Die Person nimmt meinen Hinweis zur Kenntnis, bedankt sich bei mir und korrigiert im besten Fall ihre Schwäche, ohne mich noch weiter damit zu belästigen.

Ich deute Rattengesichts Mimik so: »Du stehst auf sie. Jetzt weiß ich auch, warum du mir unbedingt ein Auge auslöffeln wolltest. Sie war in meinem Bett und wird nie in deinem sein.«

Rattengesichts Augen verengen sich zu schmalen Schlitzen und er zieht den Eisportionierer raus.

»Stefan, lass dich von ihm nicht provozieren.« Sofie legt eine Hand auf seinen Unterarm und sieht ihn flehend mit ihren Schoko-Augen an. Wenn sie wollte, könnte sie mit diesem Blick selbst die britische Leibwache dazu bringen, ihr die Kronjuwelen zu schenken.

Aber bei mir ist diese Wirkung nach dem Scheiß mit der Spritze verflogen.

Bei geistig labilen Personen, wie Rattengesicht, wirkt ihr Reh-in-Not-Blick: »Noch so 'nen Spruch und es gibt Ärger«, sagt er nur und tritt ein Stück von mir zurück.

Da taucht neben Sofie ein fast zwei Meter großer, muskulöser Mann mit Glatze auf, der einen dunkelblauen Overall mit Hosenträgern an hat. Wo kommt der denn her? »Wie viele von euch Freaks gibt es noch, die mir das Leben schwer machen?«

»Tja Junge, wir haben zwar deine Zugangsdaten verwendet, aber die Wächter suchen nicht deshalb nach dir. Sie halten dich für einen zukünftigen Mörder. Wer weiß, was du alles angestellt hast, damit die Software diese Zukunft für dich berechnet.« Glatzkopf scheint etwas über dreißig Jahre alt zu sein, spricht aber eher wie ein Mann mit Fünfzig. *Junge* nennt mich Harald nämlich auch gerne. Meist in Kombination mit seinem Der-arme-Junge-hätte-einen-guten-Vater-gebraucht-Blick.

»Ich will meine Nachbarin nicht töten.« Das ist nicht gelogen. Na gut: »Der Gedanke kam mir gelegentlich. Aber wer hat nicht mal Mordgedanken? Ich will euch allen jetzt auch am liebsten den Hals umdrehen.«

»Wir dir auch«, sagt Glatzkopf.

»Hey! Ihr haltet mich hier fest. Wenn ihr mich nicht ausstehen könnt, dann lasst mich gehen.«

Sofie kniet sich zu mir und legt eine Hand leicht auf mein Knie. »Wir haben doch letztendlich das gleiche Ziel.«

»Haben wir das? Vielleicht hatten wir das, bevor du mich betäubt hast. Da warst du nur mit Unterwäsche bekleidet in meinem Bett und wolltest mit mir fi ...«

Sofie gibt mir eine Ohrfeige und steht auf.

»Das tat weh. Nicht nur körperlich, sondern auch emotional.« Ich grinse. Das war nicht die erste Ohrfeige, die mir eine Frau verpasst hat. Egal, die Wahrheit sage ich, selbst wenn es mir manchmal weh tut. Noch schmerzhafter ist es, nichts gegen Naivität und Inkompetenz zu unternehmen.

»Du bist so ein Arsch!«, schreit Sofie.

»Dann hättest du vorher besser recherchieren müssen, wen du entführst. Erst legst du dich mit mit mir an und dann bin ich der Böse.«

»Manchmal kannst du aber echt ein Arsch sein.« Das ist Jays markant hohe Stimme. Aber das kann nicht sein. Habe ich wegen des Zeugs in der Spritze verspätete Halluzinationen?

Jemand geht an mir vorbei, stolpert über seine eigenen Füße und da ist mir klar, dass mit mir alles in Ordnung ist. Das kann nur mein Kumpel Jay sein.

»Hi, Mint«, sagt Jay, als er sein Gleichgewicht zurück gefunden hat und sich zu Sofie, Rattengesicht und Glatzkopf gesellt.

»Hi? Mehr hast du nicht zu sagen? Findest du es ok, dass ich hier gegen meinen Willen festgehalten werde?«

»Ist doch besser als im Gefängnis zu hocken«, sagt Jay mit einem Schulterzucken.

»Also meinst du auch, ich sollte für den Mist hier dankbar sein?« Ist heute echt jeder gegen mich? Was mich aber auch noch interessiert: »Was machst du hier?«

»Nach unserem Treffen im Krankenhaus hast du auf keine meiner Mails oder Anrufe geantwortet. Das ist bei dir ja normal. Aber dann sah ich dich als gesuchten Mörder im Fernsehen. Da habe ich mir wirklich Sorgen gemacht und bin zu dir nach Hause gefahren. Frau Davahria hat mich rein gelassen und kaum stand ich vor deiner Tür, kamen Sofie und Stefan auf mich zu. Sie erklärten mir alles und dann haben wir uns auf die Suche nach dir gemacht. Wir sind überall hin gefahren, wo ich dich außerhalb deiner Wohnung vermuten würde. Den Rest kennst du ja.«

»Haben sie dir auch erzählt, dass sie mich entführt und bedroht haben, um an geheime Informationen zu gelangen?«

»Jep.« Jay kratzt sich am Kopf.

»Wie jetzt? Findest du das auch OK?«

»Sie brauchen echt deine Hilfe und wir wissen doch beide, dass du nicht gerade der hilfsbereite Typ bist.«

So fühlt sich also ein Stich ins Herz an.
Emotional gesehen. Emotionen schmerzen nur.
Was für ein Bullshit! »Als wenn ich dir nicht schon total oft geholfen hätte. Hast du das alles vergessen? Ist für dich wohl schon selbstverständlich. Was?«

Jay stemmt die Hände in die Hüften und baut sich erstaunlich selbstbewusst vor mir auf. Diese Seite kannte ich noch nicht an ihm und die gefällt mir irgendwie gar nicht. »Mint, es geht jetzt mal nicht um dich.«

»Ich bin völlig unschuldig und werde trotzdem von den Wächtern als vermeintlicher Mörder gesucht. Wie kann es da nicht um mich gehen?«

Jay atmet tief ein und langsam wieder aus. »Hör Sofie zu und du wirst das hier alles besser verstehen. Dein Start mit ihr verlief zwar nicht gerade gut, aber sie ist wirklich verzweifelt.«

»Unser Start war super, was danach kam war ätzend.«

»Du bist echt nachtragend«, sagt Sofie.

»Sorry. Die ganze Bett-Spritze-Entführung-Bedrohung-Nummer ist ja schon Wochen her.« Ich bin nicht nachtragend. Ich bin wütend. Vor zwei Tagen war mein Leben noch so cool und jetzt ist alles Bullshit!

Sofie verschränkt die Arme vor der Brust. »Damit dies hier schnellstmöglich endet, erkläre ich dir direkt, worum es geht.«

»Ich kann es kaum erwarten.« Ich vertraue Jay, daher will ich zuhören. »Aber zuerst macht mich endlich jemand los.«

»Wenn du weg läufst, schlag ich dich zu Brei.« sagt Glatzkopf, schneidet die Kabelbinder durch und stellt sich zusammen mit Rattengesicht neben mich.

Glauben die echt, dass ich fliehe?

Ich reibe meine schmerzenden Arme und drehe mich auf dem Stuhl nach hinten um. Ich haue – erstens – nicht ab, da mir das Jay nicht verzeihen wird. Das sehe ich an seinem Wenn-du-nicht-hilfst-sind-wir-keine-Freunde-mehr-Blick.

Glatzkopf dreht mich an meinen Schultern wieder zurück. »Du hast später noch genug Zeit, dich hier umzusehen.«

Da hat er leider recht. Denn was ich kurz sehen konnte, macht einen Fluchtversuch – zweitens – sinnlos:

Auf der Fläche hinter meinem Stuhl stehen acht ältere Autos. Über einem offenen Motorraum ist Stier-Mann gebeugt – der würde sich sofort mit seinen tätowierten Fäusten *Tod* und *Gnade* auf mich stürzen. Zudem passen Glatzkopf und Rattengesicht neben mir auf, dass ich brav sitzen bleibe und vor mir versperren Sofie und Jay meinen Weg.

Ich strecke meine Beine vor mir aus und lehne mich entspannt zurück. »Du hast meine volle Aufmerksamkeit.« sage ich und setze ein künstliches Lächeln auf.

  Sofie verdreht kurz die Augen und erzählt: »Mein Bruder Paul arbeitete in der Sicherheitsabteilung von Cettanight Enterprises. Paul durfte nicht über seine Projekte sprechen, aber er hat mir in einer Mail geschrieben, dass er einem Skandal auf der Spur sei. Ein paar Tage nach dieser Nachricht brach sein Kontakt zu mir ab. Vorher haben wir uns alle zwei Tage gemailt.« Sofie rüttelt an meiner Schulter. »Hörst du mir überhaupt zu?«

  Ich schlage die Augen auf. »Ich kann dir zuhören und gleichzeitig entspannen. So komplex ist das Thema nun nicht.«

  Sofie sieht so aus als wolle sie mich wieder ohrfeigen, aber sie fährt fort: »Die Auskunft bei Cettanight Enterprises hat mir gesagt, dass Paul Drogen an Schulkinder verkaufen wird. Deshalb wurde er von den Wächtern verhaftet. Im Gefängnis lassen sie mich nicht zu ihm, da er eine Bedrohung für andere darstelle. Laut der Crime-Prediction-Software wird er einen Fluchtversuch wagen und Geiseln nehmen. Das kann einfach nicht sein. So etwas würde mein Bruder niemals tun. Ich weiß überhaupt nicht, wie die Software so etwas berechnen konnte. Mein Bruder raucht noch nicht mal und er könnte Kindern nie schaden.« Sofie tritt gegen mein Schienbein. »Schnarchst du?«

»Aua! Ähm, nein. Bruder. Drogen. Kinder. Gefahr. Blabla.«

»Mint, dir soll das Gleiche angetan werden. Ist dir das auch gleichgültig? Siehst du denn nicht den Zusammenhang?«

»Ich hänge gespannt an deinen Lippen.«

Sofie seufzt: »Wenn wir die Wahrheit über meinen Bruder herausfinden, können wir ganz bestimmt auch deine Unschuld beweisen.«

»Interessant. Wenn wir denn tatsächlich eine Gemeinsamkeit finden. Ich bin definitiv unschuldig. Aber dein Bruder? Den kenne ich ja nicht.«

»Vielleicht bist du kein Mörder, aber du bist ganz sicher ein Arsch.«

»Das war beinahe ein Kompliment. Danke.«

»Mint, das hier ist kein Online-Spiel. Das ist alles real. Mein Bruder ist wirklich unschuldig verhaftet worden. Er sitzt im Gefängnis. Ich weiß nicht, wie es ihm geht. Er soll vorhaben Drogen an Kinder zu verkaufen. Was meinst du, wie die Insassen das finden? Ich kann nur hoffen, dass sie ihm nichts angetan haben. Diese Anschuldigung soll mehr bewirken, als ihn nur einzusperren. Ich glaube, er soll endgültig zum Schweigen gebracht werden.« Sofie wischt sich mit der Hand eine Träne von der Wange. »Mein Bruder muss etwas bei Cettanight Enterprises gefunden haben, das nicht aufgedeckt werden sollte. Nachdem wir deine Daten genutzt haben, sieht es so aus, als ob du dort nach geheimen Daten gesucht hast und nun sollst du wegen eines zukünftigen Mordes unschuldig verhaftet werden. Das ist doch ein Verbindung. Du bist der Einzige, der mir helfen kann, das alles zu beweisen.«

»Das mag schon sein. Aber ich will mal eines klar stellen: Bevor ich wusste, was du wirklich vor hast, hatten wir eine Menge Spaß. Vielleicht mag ich mich danach wie ein Arsch benommen haben. Aber wie kannst du mir das übel nehmen? Nicht ich, sondern du hast bei Cettanight Enterprises spioniert, nachdem du mich verarscht, entführt und bedroht hast. Wer ist hier demnach der größere Arsch?«

»Wenn deine Zugangsdaten hilfreich gewesen wären, hätte ich schon längst bewiesen, dass meinem Bruder Unrecht angetan wird.«

»Jetzt bin ich schuld, dass ich dir meine richtigen Daten genannt habe? Hättest du mir erzählt, was du planst, dann hätte ich dir gleich sagen können, dass meine Sicherheitseinstufung dafür zu gering ist.«

Sofie schweigt und senkt den Kopf. Die Reue hält aber nicht lange an: »Das ist jetzt nicht mehr wichtig und ich habe keine Zeit für lange Was-Wäre-Wenn-Diskussionen.« Sie winkt einen Mann in meiner Statur zu sich heran, der lässig an einer Wand gelehnt auf dem Boden sitzt und auf einem Notebook tippt.

Na toll, noch ein irrer Freak.

»Ben studiert wie ich Informatik.«

Ben kommt mit dem Notebook auf dem Arm zu uns. Er hat dunkelbraunes kurzes Haar, das ihm strubbelig zu allen Seiten ab steht. Er trägt zu blauen Jeans ein weißes Shirt und weiße Sneaker.

»Will der mir jetzt auch ein Auge auslöffeln, da du mit mir im Bett warst?«

Sofie hebt ihre Hand, lässt sie aber wieder sinken. »War ich gar nicht. Und überhaupt war das nur ein Ablenkungsmanöver. Mehr nicht. Also Schluss jetzt mit dem Thema.«

»OK. Vorerst. Nicht, dass du nochmal gewalttätig wirst.«

Sofie zuckt gleichgültig mit den Schultern. »Ben und ich haben versucht, uns mit deinen Daten in das System von Cettanight Enterprises zu hacken.«

Ben ergänzt: »Aber das hat uns nicht weiter gebracht. Wir haben nichts entdeckt, das beweist, dass Paul keine Drogen verkaufen würde und gegen seinen Willen weg gesperrt wurde.«

»Warum geht ihr mit eurem Verdacht nicht an die Presse?«, frage ich.

»Weil es nur ein Verdacht ist. Journalisten bringen doch nicht irgendeine Story ohne stichhaltige Beweise.«

»OK. Aber warum habt ihr euch mit diesen Typen eingelassen? Die sehen nicht nach Informatik-Nerds aus.«

»Am Wochenende half Paul hier seinen Freunden, alte Autos in Stand zu setzen. Als ich ihnen alles erklärt hatte, haben sie angeboten zu helfen. Diese leer stehende Lagerhalle nutzen die Jungs schon seit Jahren, um in ihrer Freizeit Autos zu reparieren und sich so ein paar Credits dazu zu verdienen.«

»Jemand ist ziemlich sauer, dass du nachgeforscht hast«, mischt sich Glatzkopf wieder ein, der immerzu einen Hammer hin und her schwingt.

»Finde einen Weg zu beweisen, dass jemand bei Cettanight Enterprises meinen Bruder aus dem Weg schaffen wollte. Indem du uns hilfst, hilfst du dir selbst«, erklärt Sofie.

Ich denke nach: Sind diese Möchtegern-Hacker tatsächlich meine einzige Chance?

Jemand von Cettanight Enterprises will mich anscheinend los werden, daher schließe ich Kollegen von vornherein als Hilfe aus. Harald kann ich auch vergessen. Wenn er mir hilft, an geheime Daten zu kommen, könnte er seinen Job verlieren. Das würde er nie riskieren. Zu groß ist seine Angst vor seiner Furien-Ehefrau.

Die anderen Spieler aus den Game-Welten sind nur online mutige Action-Helden und bis unter die Zähne bewaffnete Killer. Wenn ich ihnen von meiner Situation erzählte, pissen sie sich vor Angst in die Hose. Das gleiche gilt für meine Kumpels an der Uni. Die stehen eher auf Theorie. Demnach würden sie mir theoretisch helfen. Doch jetzt brauche ich praktische Unterstützung.

   Ich bin immer so gut alleine klar gekommen und das wird auch wieder so sein. Nur für diese eine Sache brauche ich Hilfe. Mir gefällt das gar nicht. Aber was soll ich sonst machen? Daher antworte ich Sofie: »OK. Ich helfe euch. Ich schlafe aber erst mal eine Nacht drüber und überlege mir, wie wir das am besten anstellen, ohne noch jemanden so tief wie mich mit rein zuziehen.« Ich reibe meine Stirn. Mir brummt der Schädel. »Bevor ich mich aufs Ohr haue, brauche ich erstens eine starke Schmerztablette und zweitens etwas zu Essen.« Wenn es in meinem Kopf nicht mehr schmerzhaft hämmert und mein Magen zufrieden ist, arbeitet auch mein Hirn wieder mit.

   »Gute Entscheidung, Junge. Aber bevor wir essen, müssen wir noch etwas anderes erledigen.« Glatzkopf legt mir eine Hand auf die Schulter. »Wir unterdrücken gerade mit einem Mini-Sendemast die Tracking-Software von Cettanight Enterprises[32]. Aber vorsichtshalber entfernen wir sie.«

»Auf meiner Datenuhr ist keine Tracking-Software installiert.«

»Tja Junge, mal etwas, das du nicht weißt«, kommentiert er.

»Nehmen wir mal an, es stimmt, was du sagst. Es ist verdammt kompliziert, sich in eine Datenuhr zu hacken und fest installierte Software zu löschen.«

»Vielleicht ist mal wer schlauer als du. Mein Name ist übrigens Pit. Nur damit du weißt, bei wem du dich dafür bedanken kannst, dass dich niemand mehr orten kann.«

Glatzkopf nimmt die Datenuhr von meinem Handgelenk ab, wirft sie zu Boden und schlägt mit seinem Hammer sooft darauf ein bis sie völlig platt ist. »So macht das ein Mann, der mit seinem Verstand UND mit seinen Muskeln arbeitet«, sagt er.

Dazu weiß ich gerade nichts zu sagen. Ich schaue einfach nur auf meine kaputte Datenuhr. Irgendwie vermisse ich sie jetzt

---

[32] Gähn! Das ist total einfach: Mobilgeräte wie zum Beispiel Smartphones kommunizieren üblicherweise mit dem ihnen am nächsten stehenden Sendemasten, um den Energieaufwand für die Funkkommunikation gering zu halten. Glatzkopf hat anscheinend einen eigenen Sender hier ganz in der Nähe aufgebaut. So gelangen Signale nicht zu den Sendemasten von Cettanight Enterprises.

schon, obwohl mich ihre Kommentare zu meiner Gesundheit genervt haben. Das Gerät war echt praktisch. Es fühlt sich so schlimm an wie das Wochenende, an dem mein Controller kaputt ging und mir der Online-Shop einen neuen nicht innerhalb von vier Stunden liefern konnte. Seitdem besitze ich immer mindestens einen zweiten als Reserve. Aber ich hab jetzt keine Zeit zum Trauern.

»Hier hast du eine Schmerztablette.« Jay drückt sie mir in die Hand. »Dann ist doch alles supi!«, sagt er und geht hinter mir weg. Die anderen folgen ihm.

Ich bin echt sprachlos. Alles ist *supi*? Bestimmt nicht. Trotzdem stehe ich vom Stuhl auf und blicke mich um.

Am Ende der Lagerhalle stehen drei Ledersofas U-förmig zusammen und sind auf einen etwa 42 Zoll großen Monitor gerichtet, auf dem eine Internetseite aufgerufen ist. Hinter dem Monitor sind vier Meter hohe und zwei Meter breite Industriefenster in das Mauerwerk eingelassen. Da sie verschmiert sind, kann ich nichts draußen erkennen. Rattengesicht sitzt zusammen mit Ben und Sofie auf dem mittleren Sofa. Glatzkopf macht es sich rechts von ihnen alleine auf einem Sofa gemütlich. Jay hat sich auf das linke Sofa neben Stier-Mann gesetzt.

Ich gehe zu der Sitzecke und setze mich auf den freien Platz neben Glatzkopf.

»Jay, sieh zu, dass du nicht wie ein Mädchen wettest«, sagt Stier-Mann mit seiner tiefen Donner-Stimme.

»Pass bloß auf, was du sagst. Ich mach dich fertig. Ich setzte 100 Credits gegen deinen Favoriten«, antwortet Jay so lässig, als wären sie seit Jahren befreundet.

»Bin dabei.« Stier-Mann grinst breit, *Tod* und *Gnade* sind völlig entspannt. Obwohl ich ihn auf Mitte zwanzig einschätze, benimmt er sich nun eher wie ein pubertierender 15-Jähriger. Trotz seiner klobigen Muskeln und seinem aggressiven Äußeren liegt nun eine jugendliche Unbeschwertheit in seinen Zügen. Jays naive Art ist echt ansteckend. Aber wenn die noch länger einen auf beste Kumpels machen, kotze ich. Ich bin immer noch stinksauer auf alle hier im Raum – auch ein bisschen auf Jay, da es mich stört, dass er die Situation gelassener nimmt als ich es von ihm erwartet hätte: »Ich will euch Turteltäubchen zwar nicht stören, aber was soll die Wette?«, frage ich.

»Wir sehen uns gleich einen online Wettkampf Roboter gegen Roboter an. Harko ist voll der coole Typ und ein knallharter Wettgegner. Wir haben total viel gemeinsam. Aber deswegen musst du nicht eifersüchtig sein. Du bleibst mein bester Kumpel«, erklärt Jay.

Schon habe ich wieder das Gefühl, dass Jay meine Gedanken lesen kann. Er meint, es liege an seiner hohen Empathie. Für mich ist Einfühlungsvermögen Zeitverschwendung. Wenn ich andauernd andere verstehe und mit ihnen mitfühle, wo bleibt da noch Zeit für meine Bedürfnisse?

»Du kannst mich mal!«

Jay zuckt nur mit den Schultern.

Ich belasse es dabei, ihm den Stinkefinger zu zeigen. Was mich viel mehr interessiert: »Wann gibt es was zu Essen?«

Kaum sage ich das Wort *Essen*, werden auch alle anderen in der Sitzecke hellhörig und geben ihre Wünsche lautstark preis. Wir entscheiden uns einstimmig für Pizza und so ruft Sofie über ihr Smartphone die Webseite einer Pizzeria auf und nimmt unsere Bestellungen entgegen.

»Ist das denn so klug, eine Kurier-Drohne zu bestellen? Was ist, wenn mich die Wächter so finden?«, gebe ich zu bedenken. Als gesuchter zukünftiger Mörder werde ich noch zahm. Scheißdreck!

»Stell dir vor Junge, es gibt sogar noch Lieferdienste ohne Drohnen«, erklärt Glatzkopf. »Die längere Wartezeit lohnt sich. Die Pizzen aus dem Laden sind klasse.«

»Und so ein Weichei soll uns helfen können?«, mischt sich Rattengesicht ein.

»Halt's Maul, Rattengesicht!«

Rattengesicht springt vom Sofa auf und stürmt mit geballten Fäusten auf mich zu.

Oops. Das habe ich wohl laut gesagt.

Bevor Rattengesichts Faust mein Gesicht trifft, stellt sich ihm Glatzkopf in den Weg und hält seine Hand fest. »Beruhig dich. Hier prügelt sich niemand. Wenn eines meiner Babys schaden nimmt, wirst du lange Zeit nicht mehr zuschlagen können.« Er zeigt auf die Autos, die ihm anscheinend sehr wichtig sind, wenn er sie *Babys* nennt.

Rattengesichts Körper entspannt sich und Glatzkopf, den ich nun nicht mehr ganz so bescheuert finde, setzt sich wieder neben mich.

»Du meinst, besser als wir alle zu sein. Deshalb bist du dir wohl auch zu schade, den Namen den dir deine Mutter gegeben hat, anzunehmen. Oder warum nennst du dich nicht Thomas?«, sagt Rattengesicht, der wieder bei Sofie und Ben auf dem Sofa sitzt.

»Mint ist ein rekursives Akronym und bedeutet *Mint ist nicht Thomas*.« Eigentlich wollte ich mich damit von dem schwächlich klingenden Kosenamen Timmy trennen. Wie bereits erzählt, hatte mich meine Mutter aufgrund meines damals schmächtigen Körpers nicht bei meinem Vornamen Thomas, sondern mit dem Kosenamen Timmy gerufen. Aber das erwähne ich mal lieber nicht, sonst nennt mich Rattengesicht von nun an immer *Timmy* und zieht mich damit auf, dass ich mal klein und schwach war. Dann werde ich doch noch zum Mörder.

»Häh?«, sagt Rattengesicht.

Und ich soll mich nicht für besser halten?

»Ein rekursives Akronym ist eine Abkürzung, die in der Erklärung ihrer Bedeutung auf sich selbst verweist, also ihre Abkürzung als Teil des ausgeschriebenen Begriffs enthält[33]«, erklärt Ben.

»Das hast du aber brav auswendig gelernt«, sage ich betont sarkastisch.

Ben zeigt mir beide Mittelfinger.

Das verstehe ich auch ohne Jays Körpersprachetraining. Ich tue es Ben gleich – damit ist alles gesagt, was gesagt werden muss und ich lehne mich entspannt zurück.

Auf dem Monitor erscheint *Übertragungsfehler. Einen Moment Geduld ...*

»Buh!« Alle in der Runde fluchen, besonders lautstark Jay und Stier-Mann.

Ich stelle mir jetzt schon vor, wie gleich zwei Roboter zum Leben erwachen. Von der Statur her sehen sie aus wie Menschen. Ihre metallisch glänzenden Glieder sind nicht von Haut überzogen und ihre kreisrunden Augen glühen silber-blau. Doch ihr Anblick täuscht. Sie sind nicht intelligent und damit völlig hirn- und harmlos. Sie handeln nicht selbstständig,

---

[33] Noch mal zum Mitdenken: M.i.n.T.= **M**int **i**st **n**icht **T**immy.

sondern reagieren nur auf Befehle in ihrer Software[34].

Ein Klingeln hallt durch die Lagerhalle.

Das sind bestimmt die Pizzen. Die Lieferung ging schneller als von mir erwartet.

Stier-Mann geht auf eine Tür links neben den Industriefenstern zu und öffnet sie. Draußen steht ein Lieferjunge. Er trägt eine grün-weiß-rote Uniform mit passender Schirmmütze auf der *Pizza* steht. Der Junge ist höchstens 14 Jahre alt und reicht Stier-Mann bis zum Bauchnabel. Sein Blick wandert langsam von seinem Bauch bis zu seinem Gesicht hoch. Als der Lieferjunge realisiert, was für ein Tier von Mann vor ihm steht, wird er blass wie eine Kugel Mozzarella. Zitternd holt er sieben Pizzaschachteln aus dem Warmhaltebehälter auf seinem Fahrradgepäckträger und reicht sie Stier-Mann.

»Wenn der Belag meiner Pizza wegen deinem Gezappel runtergerutscht ist, mache ich Sauce bolognese aus dir«, knurrt er und

---

[34] Das heißt auch, dass sie nicht wie ihre menschlichen Ebenbilder ungebeten sprechen und einem ein Ohr mit ihren nichtigen Sorgen abquasseln. Hätte ein Roboter ein Problem, dann stünde dieses in seinem Code (für alle Stümper: nicht Kot, sondern Sprache die Maschinen verstehen) und ich könnte es beheben, wenn ich Lust dazu habe. So stelle ich mir eine angenehme soziale Interaktion vor.

nimmt dem Lieferjungen die Schachteln aus der Hand.

Sofie läuft zu den beiden hinüber und schiebt Stier-Mann zur Seite. »Er will dich nur ärgern.« Sofies Anblick und ihre Worte scheinen den Lieferjungen zu beruhigen. Vielleicht liegt es aber auch daran, dass Stier-Mann mit den Pizzen weggegangen ist.

Der Pizzabote hält Sofie einen Scanner hin und sie zahlt per Fingerabdruck. Während sie die Tür schließt, sehe ich den Lieferjungen erleichtert ausatmen.

Wir essen unsere Pizzen und warten darauf, dass der Kampf beginnt. Kaum hält Jay ein Stück Pizza in den Händen, tropft Tomatensoße auf sein Shirt. Hastig greift er nach einer Serviette auf dem Tisch vor sich und besudelt dabei auch seine Schuhe. Mit der Serviette verteilt er die Soße großflächig, anstatt sie auf zu wischen. Es ist wie bei einem Unfall – so grausam es auch ist, ich kann den Blick trotzdem nicht abwenden und das geht auch allen anderen so.

Als das Stier-Mann bemerkt und *Tod* in die Runde zeigt, beschäftigt sich jeder wieder mit seiner eigenen Pizza.

Nur ganz kurz – höchstens eine Millisekunde – denke ich, dass Harko vielleicht doch ganz okay ist.

Der Boden meiner Pizza ist super knusprig und der Belag prima gewürzt. Aber das behalte ich für mich. Wäre ja noch schöner, wenn ich hier Nettigkeiten von mir gebe.

Mein Magen ist angenehm gefüllt und so beginnt mein Gehirn eine Lösung für mein Problem zu erarbeiten. Aber das kann es auch im Hintergrund machen, denn nun freue ich mich auf den Kampf.

Ein Countdown zählt auf dem Monitor runter und als das Bild der Videoübertragung erscheint, bin ich zutiefst enttäuscht.

Es sind keine menschenähnliche Roboter, wie man sie aus Endzeit-Thrillern und aus der Robotikabteilung von Cettanight Enterprises kennt. Hier gehen nur zwei Staubsauger-förmige Roboter mit Kreissäge und Messer bewaffnet aufeinander los.

Wie langweilig. Gähn!

Die Qual hält nicht lange an, da einer der Roboter einen Kurzschluss hat und er dann ganz fix von seinem Gegner geschreddert wird.

Jay schreit freudig auf. Anscheinend ist sein Favorit nicht kaputt gegangen. Während Harko und die anderen hitzig diskutieren, ob die Wette überhaupt gültig ist, da kein Kampf statt gefunden hat, strecke ich meine Glieder und gähne. Ich bin hundemüde. »Wo kann ich schlafen?«, frage ich an Pit gerichtet.

Pit steht vom Sofa auf und begleitet mich zu einem in einer Ecke stehenden Kombi.

»Hier kannst du schlafen.« Er holt eine Decke aus dem Kofferraum und reicht sie mir. »Paul ist wie ein Bruder für mich und daher ist mir auch Sofie sehr wichtig. Also nimm die Sache bitte ernst, Junge.«

»Sonst was?«

»Das war keine Drohung, sondern eine Bitte.« Pit tätschelt mir die Schulter.

»Ich nehme es sogar sehr ernst. Denn je erfolgreicher ich bin, desto schneller kann ich in mein Leben zurück und brauche euch Freaks nicht länger ertragen.«

Pit sieht mich mit Haralds Der-arme-Junge-hätte-einen-guten-Vater-gebraucht-Blick an und geht weg.

Ich kann es kaum erwarten, dem ganzen Bullshit hier eine Ende zu setzen.

Eine heiße Brünette in schwarzer Spitzenunterwäsche liegt dicht an mich geschmiegt in einem Bett ...

... und haucht mir mit zarter Stimme verführerische Worte ins Ohr. Ich streichle mit einer Hand über ihren samtweichen Oberschenkel, hoch zu ...

»Aufwachen!«, schreit plötzlich ein Mann.

Ich schrecke hoch und es dauert eine Weile, bis ich begreife, wo ich bin und was mich verdammt noch mal aus dem Traum gerissen hat.

Ich blicke in den Lauf einer Pistole.

Hastig weiche ich zurück, der Sitz des Kombis stoppt mich, schließt mich zwischen sich und der Waffe ein. Eine ganz in schwarz gekleidete Person steht vor der geöffneten Kombitür und richtet die Pistole auf mein Gesicht. Sie trägt eine Sturmmaske, einen Helm und mittig auf der Schutzweste steht in weißen Buchstaben
Black-Team.

»Hände hoch und raus aus dem Wagen!«,
»Was soll der Mist?«
»Thomas Baystrawn, Sie sind verhaftet.«

Trotz der beschissenen Lage bin ich ein bisschen stolz, dass mich eine Spezialeinheit der Wächter gesucht hat. Aber nicht so toll, dass sie mich auch gefunden hat.

»Hände hoch und bewegen Sie endlich Ihren Arsch aus dem Fahrzeug!«, schreit der Wächter erneut und diesmal deutlich gereizter.

OK. Er meint es ernst. Also hebe ich meine Hände und steige aus.

»Hände hinter dem Kopf verschränken!«

Ich folge seiner Anweisung.

Draußen in der Lagerhalle blendet mich das Licht der Neonröhren. Ich blinzle und als sich meine Augen daran gewöhnen, sehe ich fünf weitere Wächter des Black-Teams, die den drei Personen vor sich eine Pistole an den Kopf halten. Vor ihren Füßen knien Jay, Pit und Ben.

»Mint, die wollen dich ohne Prozess einfach weg sperren, du musst ...«

»Halt's Maul!« Der Wächter hinter Jay schlägt ihm mit der flachen Hand gegen den Hinterkopf und klebt ihm den Mund mit Paketband zu. »Du hast schon genug gesagt.«

So kenne ich Jay. Ihm gehen in keiner Lebenslage die Worte aus.

Pit sieht besorgt zu Jay. Ben zu seiner Linken hängt schlaff zur Seite, aus seiner Nase tropft Blut auf sein weißes Shirt.

»Ihr wollt doch nur mich. Lasst die anderen frei!« Warum habe ich das denn nun gesagt?

Hat Jay Recht und in mir steckt doch etwas Mitgefühl?

»Lass jetzt bloß nicht den Helden raushängen.« Der Wächter hinter mir drückt nun die Pistole gegen meinen Hinterkopf.

Und schon verschwindet die Gefühlsverirrung:

»Genau genommen habe ich mit dieser ganzen Sache nichts zu tun. Wir können das doch in aller Ruhe klären.«

Hast du völlig den Verstand verloren?, sagt mir Jays zorniger Blick und Pit schüttelt resigniert den Kopf.

Ach, mir doch egal. Wenn die beleidigt sein wollen, ist das ihr Problem.

»Zielobjekt 1 und drei seiner Komplizen haben wir gefunden«, sagt der Wächter hinter mir.

Kurze Pause.

Anscheinend hört er über ein Headset einem seiner Kollegen zu.

»Ich gebe euch noch zehn Minuten, um die anderen drei Zielobjekte zu finden.«

Etwas fällt in der Lagerhalle mit einem lauten RUMPS um und dann höre ich Sofie schreien: »Lass mich los! Ich kratz dir die Augen aus!«

»Die hier habe ich hinter Ölfässern versteckt gefunden«, sagt ein Wächter, der Sofie vor sich her und an mir vorbei schiebt. Ihre Hände sind am Rücken mit Handschellen gefesselt.

Aus einer Platzwunde an ihrer Schläfe fließt ein Blutrinnsal an ihrer Wange hinunter.

»Was seid ihr für Dreckskerle?«, schreit Pit und steht auf.

»Schnauze und hin setzen!« Der Wächter hinter Pit tritt ihm in eine Kniekehle.

Pit fällt zurück auf die Knie. Kurz sehe ich, dass auch seine Hände hinter dem Rücken mit Handschellen gefesselt sind.

»Das Miststück hat es nicht anders verdient. Sie hat mich durch meinen Handschuh hindurch gebissen.« Der Wächter an Sofies Seite hebt seine rechte behandschuhte Hand und streicht mit der anderen darüber.

»Und ich würde das wieder tun«, sagt Sofie und spuckt dem Wächter ins Gesicht.

Der Wächter schubst sie zu Boden.

Sofie lächelt – seltsame Reaktion – und sieht mich an.

Vielmehr sieht sie an mir vorbei.

Der Druck der Pistole an meinem Hinterkopf verschwindet.

»Legt die Waffen runter oder ich schneid eurem Kollegen den Hals durch.«

Noch nie war ich so froh, Harkos dunkle Donnerstimme zu hören.

Harko tritt mit dem Wächter im Schlepptau vor mich. Mit *Gnade* hält er die Arme des Mannes hinter dem Rücken fest. *Tod* drückt ein Messer an seine Kehle.

Die Wächter sind von dem überraschenden Szenario abgelenkt, zielen mit ihren Waffen in Harkos Richtung und merken dabei nicht, wie sich Rattengesicht langsam dem Wächter bei Sofie nähert.

Rattengesicht schwingt ein langes Rohr und zieht es dem Wächter über den Schädel.

Es knackt.

Sicherlich nur der Helm.

Der Wächter bricht zusammen.

Rattengesicht schnappt sich den schlaffen Körper und hält ihn wie einen Schutzschild vor sich. »Sofie, stell dich hinter mich«, sagt er und sie läuft zu ihm.

Die Aufmerksamkeit der Wächter teilt sich blitzschnell auf. Nun zielen sie auf Rattengesicht und Harko.

»Schießt!«, befiehlt der bedrohte Wächter.

»Wenn sich einer von euch rührt, ist er tot.« Harko ritzt am Hals des Wächters mit dem Messer den Stoff der Sturmmaske entzwei.

Ein Knall.

Funken sprühen. Plötzlich ist es dunkel.

Alle werfen sich zu Boden oder in Deckung.

Eine Hand krallt sich in meinem Unterarm und zieht mich mit sich durch die Dunkelheit. »Bleib dicht bei mir und lauf so schnell du kannst«, sagt Harko zu mir.

»Sie fliehen!«, brüllt ein Wächter.

Harko stößt eine Tür auf und wir laufen raus.

»Spinnst du?« schreie ich ihn an.

»Sei ruhig, ich weiß was ich mache«, zischt Harko und zieht mich weiter mit sich.

»Ich kann alleine laufen.« Ich reiße meinen Arm los.

»Wie du willst. Aber beeil dich.« Harko läuft vor mir her und folgt Rattengesicht und Sofie.

Wir laufen zwischen verschiedenen Backsteingebäuden entlang.

Ich habe Mühe, dicht hinter Harko zu bleiben. Dafür, dass er eine gewaltige Masse an Muskeln bewegt, ist er unglaublich schnell.

Schüsse hallen durch die Luft.

Mein Herz bleibt vor Schreck kurz stehen, um dann wieder rasend gegen meine Rippen zu hämmern. Ein echter Schuss ist viel lauter und angsteinflößender als ein simulierter im Computerspiel.

Wir laufen in einen Wald hinein.

Es ist dunkel und der Mond beleuchtet den Weg vor mir nur stellenweise.

Äste schlagen mir ins Gesicht, ich stolpere immer wieder über aus dem Boden ragende Wurzeln.

Noch ein Schuss, zwei, drei.

Warum ballern die einfach so rum? Hoffen sie darauf, dass uns ein Querschläger trifft?

Vielleicht wollen die uns auch nur Angst machen? Bei mir funktioniert es jedenfalls.

Ich höre die Stimmen der Wächter näher kommen. »Sie sind hier lang gelaufen. Hinterher!«

Ich drehe mich nur ganz kurz um, mein Fuß bleibt an einer Wurzel hängen und ich falle hin. »Scheiße!«

Harko dreht sich um und kommt zu mir. »Steh auf!«

Ich versuche aufzustehen, schaffe es aber nicht. »Ich glaub, ich hab mir den Knöchel verstaucht.«

Harko schnaubt, wirft mich über seine Schulter und läuft.

Ich zapple in seinem Griff, will mich aus seinen Armen winden, doch Harko quetscht mir die Rippen ein. Daher gebe ich Ruhe und blicke auf den Weg hinter uns.

Ich sehe in nicht allzu weiter Ferne, wie das Licht von Taschenlampen durch das Dickicht dringt.

Harko läuft Zickzack. Trotz des Zusatzgewichts durch mich ist er rasch unterwegs. Der Typ ist echt ein Tier!

Trotzdem kommt das Licht immer näher und die Stimmen der Wächter werden lauter.

»Lauf schneller, Harko!«

»Psst.« Er wirft uns beide hinter einen Erdhaufen.

Wieder die Stimmen. Nun deutlich näher.

»Sucht weiter. In der Gegend gibt es zahlreiche Höhlen und alte Bunkeranlagen.«

»Ich kann nichts Auffälliges finden«, sagt ein Mann.

Der Lichtkegel einer Taschenlampe gleitet über den Erdhügel hinter dem wir uns versteckt halten.

Mein Herz pocht so heftig, als hätte ich gerade Harko getragen.

Harko wirft einen Stein links von uns in den Wald hinein.

»Habt ihr das gehört? Los! Weiter!«

Der Lichtschein verfehlt uns knapp.

Die Stimmen entfernen sich.

Sie sind nicht mehr zu hören.

Puh, da hatten wir nochmal Glück.

Harko steht auf und wirft mich wieder über seine Schulter

»Lass mich runter!«

»Psst. Sei ruhig«, flüstert Harko.

Wir schweigen und warten.

»Wir können weiter«, sagt Harko.

»Ich lauf alleine.«

»Du kannst doch kaum auftreten.«

»Ich lauf alleine.«

»Du kannst einem aber mächtig auf den Sack gehen.«

»Danke. Trotzdem will ich alleine laufen.«

Ich spüre einen Stich an meinem Bein. »Ach, nö!«

»Ach, doch. Du kannst ja nicht aufhören zu nörgeln und dir einfach mal helfen lassen. Deinetwegen lasse ich mich nicht von den Wächtern fangen.«

Ich atme ein letztes Mal frische Waldluft ein, bevor ich mein Bewusstsein verliere.

Ich öffne meine Augen und sehe auf einen rosa Wecker:

9:06 Uhr

Demnach ein weiterer Tag, an dem mein Leben gar nicht toll ist

Ich liege in einem oversized Wasserbett, bezogen mit rosa Satinbettwäsche. Mein Kopf ruht auf einem lila Kissen aus Plüsch. Es riecht nach künstlichem Lavendel.

Wo zum Teufel bin ich?

»Einen wunderschöööönen guten Morgen, Herr Baystrawn.«

Ich setze mich auf und erkenne: Ich bin definitiv in der Hölle gelandet und die besteht nicht, wie immer erzählt, aus quälend heißen Feuer, sondern aus lilafarbenen Plüsch und rosa Satin. Frau Davahria steht am Fußende des Bettes. Sie trägt einen hautengen Jogginganzug in Zebraoptik.

Ich werfe hastig die Bettwäsche von mir, will schnellstmöglich aus diesem Bett raus, verheddere mich in der Eile in dem Laken und falle unsanft auf den Boden.

Zu Füßen von Frau Davahria knurrt mich ein Hund an.

»Aus, Herkules!«, schimpft sie mit dem winzigen Chihuahua. »Den Roboterhund habe ich wieder zurück geschickt. Die Staubsaugerfunktion hat nicht richtig funktioniert und er ist halt kein lebendiger Hund. Ich will mit einem Lebewesen kuscheln, das meine Liebe erwidert. Herkules ist nun mein neuer Liebling.«

Interessant, dass sich Frau Davahria nicht fragt, was mit dem Stresspinkler passiert ist. Aber das ist mir eigentlich auch egal.

Sofie kommt in den Raum.

Nie im Leben hätte ich gedacht, mich so zu freuen, sie zu sehen. Aber das gebe ich natürlich nicht zu: »War das mit der Spritze schon wieder nötig? Mein Kopf tut verdammt nochmal weh«, sage ich zu ihr und stehe auf.

»Ja, das mit der Spritze musste sein, denn du bist schrecklich stur und lässt dir bei Bewusstsein nicht helfen.«

Blablablabla. »Klar, jetzt bin ich wieder selbst schuld.«

Sofie verdreht genervt die Augen und damit ist klar, dass eine Diskussion über das Für und Wieder der Nutzung von Betäubungsmitteln bei meiner Person ineffektiv ist. Daher frage ich etwas Sinnvolles: »Wie bin ich hier hingekommen? Und ist es hier überhaupt sicher? Wird Frau Davahria nicht von den Wächtern bewacht?«

»Das ist die Wohnung von Frau Davahrias Schwester. An diesem Ort vermuten uns die Wächter bestimmt nicht. Da wir unsere Smartphones entsorgt haben, sollte uns niemand aufspüren können«, erklärt Sofie.

»Und du vertraust ihr?« Ich mache das nämlich nicht. Prinzipiell traue ich nach den vergangenen Ereignissen vorerst niemanden.

»Herr Baystrawn, ich würde Ihnen niemals schaden wollen und auch meine Schwester Lily ist auf Ihrer Seite«, antwortet Frau Davahria. »Als mich Ihre *Bekannte*«, Frau Davahria sieht Sofie abfällig an, »angerufen und mir Ihre missliche Lage erklärt hat, habe ich Sie alle sofort mit meinem Auto abgeholt und hierher gebracht.«

»Aber ich soll Sie doch demnächst töten.«

Frau Davahria rückt ihre Zebrastreifen-Brille zurecht und schaut pikiert. »Als mich die Wächter darauf ansprachen, habe ich mich sofort für Sie eingesetzt. So etwas würden Sie mir nicht antun. Ich habe sogar auf Schutz verzichtet. Ich weiß gar nicht, wie die auf so einen Blödsinn kommen.«

»Das kann daran liegen, dass ich in verschiedenen Mails geschrieben habe, dass ich Ihnen den Hals umdrehen will, da ich Sie zutiefst verabscheue.«

»Sie haben über mich gesprochen? Denken Sie oft an mich?«

Arrg! Was läuft in dem Gehirn falsch?

»Die Idee mit der schnellen Aneinanderreihung von Bildern gefällt mir immer besser. Sterben Sie dann tatsächlich an einem epileptischen Schock?«

Sofie sieht mich entsetzt an. »Frau Davahria hilft uns und ihre Schwester lässt uns so lange hier wohnen, bis wir unsere Unschuld beweisen können.«

»Was heißt *unsere Unschuld*? Ich bin hier der gesuchte zukünftige Mörder!«

»Hör endlich auf, dich in Selbstmitleid zu suhlen.« Sofie verschränkt die Arme vor der Brust.

Die übrigens echt gut proportioniert ist.

Beide.

Ach, wie schön wäre es gewesen, wenn wir einfach Sex gehabt und ich sie am nächsten Morgen aus meiner Wohnung geworfen hätte ...

»Die Wächter haben zweifelsohne heraus gefunden, dass wir dir helfen. Jay, Pit und Ben konnten nicht fliehen. Es wäre aber zu gefährlich, nach ihnen zu suchen. Nur wenn wir beweisen, dass mein Bruder und du unschuldig seid, können wir auch uns selbst entlasten.«

Wer spricht hier von *wir*? Anscheinend muss ich alle aus der Kacke ziehen, denn das hat bislang niemand geschafft. Aber wenn ich das sage, gibt es nur wieder Gezicke. »Tja, dann will ich mal loslegen. Aber zunächst brauche ich eine Schmerztablette und einen starken Kaffee.«

»Gerne, Herr Baystrawn. Kommt alles sofort«, trällert Frau Davahria und verschwindet aus dem Schlafzimmer.

Ich folge Sofie in das Wohnzimmer.

Der etwa 40 Quadratmeter große Raum ist mit einer kunterbunten Blumentapete verschandelt. An der Wand gegenüber des Fernsehers steht ein lila Plüsch-Sofa. Darauf sitzen Harko und Rattengesicht. Sie nicken mir wortlos zu. Beide halten eine große Tasse in der Hand und vor ihnen auf dem Couchtisch liegt ein imposantes Frühstücksbuffet: Brötchen, Croissants, Butter, Marmeladen, verschiedene Käsesorten und Wurst.

Toll! Ich habe echt Hunger.

Von der Seite reicht mir Frau Davahria eine Tasse mit köstlich duftendem Kaffee und Sofie legt eine Schmerztablette vor mich auf den Tisch.

Ich nehme beides an, schlucke die Tablette mit dem Kaffee hinunter, setze mich auf einen Lesesessel und schnappe mir ein belegtes Brötchen.

Sofie setzt sich neben Rattengesicht. »Mint, wie sieht dein Plan aus? Ich drehe noch durch, wenn ich weiterhin einfach nur warte.« Sie streicht immerzu über einen Unterarm und scheint alles andere als entspannt zu sein.

Ganz im Gegensatz zu mir. Ich lehne mich zurück und nehme einen weiteren Schluck von dem Kaffee. »Also hiervon brauche ich eine große Kanne.«

»Bin gleich zurück.« Frau Davahria huscht aus dem Raum, gefolgt von dem kläffenden Herkules.

»Ich sorge mich wirklich um meinen Bruder Paul. Bitte Mint, es muss doch einen Weg geben, um ihm zu helfen«, sagt Sofie und verschränkt nun die Arme so, als würde sie sich selbst umarmen. Immerhin hat sie mit dem nervigen Reiben an ihrem Arm aufgehört.

»Dein Bruder, dein Bruder. Was interessiert mich dein Bruder? *Mein* Leben ist grad voll am Arsch.« Aber dieser Kaffee ist echt gut.

»Es dreht sich hierbei nicht alles um dich.« Sofies zorniger Blick durchbohrt mich. Sie richtet sich gerade auf und stemmt die Handflächen in die Hüfte.

»Paul ist unser Freund«, mischt sich Harko ein. »Aber von Freundschaft hast du ja kein Ahnung. So wie du dich aufführst, hast du bestimmt keine Freunde. Du hast ja sogar Jay bereitwillig diesen Wächtern ausgeliefert.«

Auch wenn es mir gar nicht in den Kram passt, so weiß ich es sehr zu schätzen, dass sich Harko für Jay einsetzt. Selbst wenn er dabei mein Verhalten gegenüber ihm kritisiert.

Jay war schon immer anders und im Gegensatz zu mir war es ihm nie egal, dass er dadurch zum Außenseiter wurde. Jay braucht Freunde in seinem Leben wie die Luft zum Atmen.

Verdammt nochmal! Ich gebe es zu: Ich würde mich für Jay freuen, wenn Harko sein Freund ist. Das bedeutet ja nicht gleich, dass auch ich mit ihm befreundet bin.

»Jay ist mein Freund. Eine gute Freundschaft bedeutet nicht, dass man sich die gesamte Zeit gegenseitig in den Arsch kriecht. Jay akzeptiert mich so wie ich bin und deshalb ist er ein richtig guter Kumpel. Ich hätte mich vielleicht in Gegenwart der Wächter anders verhalten sollen. Es kann ja nicht jeder ein angsteinflößender Muskelprotz sein, der mal so nebenbei bewaffnete Wächter eines Spezial-Teams ausschaltet. Ich hätte auch gern mehr getan, um Jay zu helfen.« Ich werde Harko sicherlich nicht sagen, dass ich ihn trotz oder gerade wegen *Tod* und *Gnade* für einen ziemlich coolen Typen halte. Wer Jay sogar mit Fäusten zur Seite steht, den finde ich automatisch gut.

»Das war jetzt auf eine verdrehte Art das Netteste, was du bislang gesagt hast. Wer hätte gedacht, dass du zu Gefühlen fähig bist. Habe ich da vielleicht sogar ein unterschwelliges *Danke* heraus gehört?«, sagt Harko.

»Jetzt übertreib mal nicht. Immerhin hattest du keine andere Wahl, als mich bei der Rettungsaktion mitzunehmen. Ihr braucht meine einzigartigen Talente.«

»Klar, wir brauchen den unfehlbaren Informatik-Guru Mint.« Die Wortwahl gefällt mir und ich grinse breit in mich hinein. Rattengesicht hätte mich kaum besser beschreiben können. »Du tust zwar immer so selbstgefällig, aber im Grunde bist du ein totaler Schisser.« Was für ein Bullshit! »Übrigens habe auch *ich* einen Wächter ausgeschaltet. Das habe ich ohne Muckis und Programmier-Superkräfte geschafft. Was sagst du dazu?« Rattengesicht klopft sich selbst auf die Schulter.

Mieser Angeber. Aber *Programmier-Superkräfte* ist ein cooler Spruch für ein Shirt.

»Vielleicht bin ich in der Situation nicht gerade der Mutigste gewesen, aber immerhin bin ich frei und kann nun etwas tun, um uns alle aus der Scheiße zu holen.«

»Und je eher du hilfst, desto früher kannst du wieder zurück in dein Leben«, sagt Sofie.

Da ist etwas Wahres dran. »Nur wenn wir an die Crime-Prediction-Daten gelangen, können wir klären, was da schief läuft. Zwar habe ich berechtigterweise in Mails Mordgedanken geäußert, aber ich habe in keinem Kontext Epilepsie erwähnt oder diesen Begriff recherchiert, weil ich von Frau Davahrias

Krankheit bis zum Fernsehbericht nichts wusste. Daher können die Auskunfteien, Suchmaschinen oder sonst wer nicht so eine Information über mich gespeichert haben. Wieso kommt die Software also zu dem Ergebnis, dass ich Frau Davahrias Epilepsie ausnutzen und sie mit einer Bilderflut ermorden will?«

»Das haben wir uns bei Paul auch gefragt. Denn mein Bruder hat nichts mit Drogen zu tun.« Was hat Sofie eigentlich immer mit ihrem Bruder? Es geht gerade um mich.

»Daher machen wir auch alles genauso, wie ihr es mit meinen Zugangsdaten geplant habt, nur viel intelligenter und ohne Spritzen-Entführungs-Drama.« Ich lasse die Worte wirken und beiße in das Brötchen.

»Du hast natürlich eine bessere Idee«, zischt Rattengesicht.

Der nervt. Bevor ich mich verabschiede, gebe ich ihm ein paar Kondome. So jemand sollte sich nicht unkontrolliert vermehren.

»Die habe ich tatsächlich.«

Dramatische Pause.

»Mein Account ist sicherlich längst gesperrt. Und so viele Zugangsberechtigungen wie ihr glaubtet, habe ich gar nicht. Ich bin kein Administrator. Daher müssen wir an einen Admin-Zugang ran kommen. Wir besorgen uns einfach ein Flugobjekt mit einer Kamera, überwachen einen Admin und erhalten so ein

Foto von seinem Auge sowie sein Passwort und seinen Benutzernamen.«

»Einfach? Wie willst du ihn an seinem Arbeitsplatz filmen? Cettanight Enterprises gleicht einem Hochsicherheitsgefängnis«, gibt Sofie zu bedenken.

Hätten sie mal alle vorher und nicht nachher gedacht. Wie schön könnte mein Leben noch immer sein.

»Es gibt Admins, die von zu Hause arbeiten. Homeoffice nennt sich so etwas. Wir rufen an und täuschen einen Serverausfall vor. Dann loggt er sich ins Firmennetzwerk ein, während wir ihn unbemerkt filmen.«

»Na toll, und dann? So weit sind wir auch gekommen«, sagt Rattengesicht schnippisch.

Ganz wichtige Notiz: Kondome kaufen.

»Nicht ganz. Ihr hattet keinen administrativen Zugang und kaum konstruktive kriminelle Fantasie. Die Entführung war ja wohl Schwachsinn.«

»Aber du bist ja sooo toll.« Sofie verdreht theatralisch die Augen.

Über den Sarkasmus sehe ich mal großzügig hinweg. Das ist doch mal ein sympathischer Charakterzug von mir.

»Genau. Ich schreibe einen Trojaner[35]. Mit den Admin-Rechten installiere ich ihn auf einem Webserver von Cettanight Enterprises. So öffne ich ein Hintertürchen, kann in das Netzwerk rein spazieren und Dateien einsehen. Natürlich stelle ich meine Anfragen über mehrere ausländische Proxies[36], damit die Aktion anonym bleibt.«

»Du bist gar nicht so grandios, wie du immer vorgibst zu sein. Denn du hast nicht bedacht, dass der Webserver über eine Firewall[37] geschützt ist«, sagt Sofie.

---

35 Ich baue kein hölzernes Pferd mit einem Hohlraum, in dem wir uns verstecken und das wir dann an Cettanight Enterprises liefern. Es geht auch schneller und ohne Blutvergießen: Ich schreibe ein Programm, das so tut, als sei es harmlos. In Wirklichkeit öffnet es in dem betroffenen System eine Hintertür. Demnach ist mein Plan durchaus von der griechischen Mythologie inspiriert.

36 Ein ausländisches Proxy ist vereinfacht gesagt ein Computer im Ausland, der so tut, als würde er an meiner Stelle im Internet etwas machen. Der Betreiber verspricht Anonymität und keinerlei Rückverfolgbarkeit. So hat auch niemand damals von Jays Mobbern herausgefunden, dass *ich* über ihren Mail-Account Werbung für Internet-Pornoseiten verschickt habe.

37 Firewalls sind zwar Sicherheitssysteme, die den PC vor unerwünschten Zugriffen aus dem Internet schützen sollen. Aber auf einem Webserver lässt die Firewall natürlich ein paar Anfragen durch, damit der Webserver seinen Aufgaben nachgehen kann. Ist doch logisch!

Grandios. Könnte mein zweiter Vorname sein.

»Ein Webserver ist nicht mit den anderen Servern zu vergleichen. Ein Webserver nimmt Anfragen aus dem Internet entgegen[38]. Dazu wurde er geschaffen. Natürlich wird mein Trojaner vorgeben, eine *nette* Web-Applikation zu sein und die Firewall wird Anfragen an ihn zulassen. Da meine Web-Applikation hinter der Firewall läuft, hat sie deutlich mehr Möglichkeiten, an interne Informationen zu gelangen, als wir von hier außen.« Ich nehme mir ein weiteres Brötchen, lehne mich entspannt zurück und betrachte die dumm drein blickenden Deppen auf dem Sofa. »Ich brauche nur noch einen Computer und es kann losgehen.«

Jemand stellt eine Kanne Kaffee auf den Tisch.

---

38 Nur wenn Webserver Anfragen von außen ermöglichen, können wir das Internet nutzen. Genau hier liegt die Schwachstelle. Wenn die Firewall glaubt, dass eine Anfrage berechtigt ist, dann lässt sie diese passieren. Ein alltägliches Beispiel: Wenn jemand bei uns klingelt, prüfen wir erst, wer die Person ist. Sieht sie zum Beispiel wie ein Paketbote aus, dann öffnen wir ihr. Genau wie mein Trojaner täuschen Menschen vor, gut zu sein und rauben den ahnungslosen Tür öffnenden Trottel trotzdem aus. In meinem Fall stehle ich Daten aus Cettanights Netzwerk. Mit dem großen Unterschied, dass es hoffentlich niemandem negativ auffällt.

Ich blicke zur Seite und bekomme fast einen Herzanfall:

Da steht Frau Davahria und zwar zwei Mal.

Ich strecke meinen Kopf vor und blinzle ein paar mal, um besser sehen zu können. Ist das eine zeitlich verzögerte Nebenwirkung des Beruhigungsmittels?

Leider nein.

Die beiden Frauen sehen exakt gleich aus, mit dem Unterschied, dass Frau Davahrias Schwester auf ihrem Arm eine weiße Perserkatze streichelt. Das arme Vieh trägt eine gehäkelte pinke Schleife um den Hals.

»Sie können gerne mein Notebook verwenden«, sagt Frau Davahrias Schwester. »Mein Sohn hat es mir zum Geburtstag geschenkt und einen Online-Shop darauf eingerichtet über den ich selbst genähte Kleidung für Katzen verkaufe.«

Der Online-Shop ist auf ihrem Notebook? Gewiss nicht. Der läuft bei irgendeinem Hosting-Dienstleister[39] und sie greift über ihr Notebook auf den Web-Shop zu.

---

39 Keine Ahnung? Manche Leute meinen, das Internet auf dem eigenen Rechner laufen zu haben. Wie mächtig fühlt sich jemand, wenn er durch das Ausschalten des eigenen Computers folglich das gesamte Internet ausknipsen kann? Wer das jetzt nicht als Witz versteht, dem ist nicht mehr zu helfen.

Ich erkläre ihr den Unterschied nicht, denn das würde nur meine kostbare Zeit vergeuden.

»Das ist wirklich sehr nett von Ihnen«, sagt Sofie und streicht ihren Pony zur Seite. Erst jetzt bemerke ich das große Pflaster an ihrer Schläfe und erinnere mich an ihre Verletzung.

Für Sofies vergangenes Verhalten mir gegenüber hätte ich ihr auch gerne eine reingehauen. Aber meine Aggressionen lebe ich verbal oder in Online-Spielen aus. Alles andere ist Mist. Der Wächter ist ein feiges Schwein gewesen. Hoffentlich entzündet sich die Bisswunde und seine Hand fällt ab.

»Haben Sie auch noch eine Drohne hier rumliegen?«, fragt Rattengesicht.

Frau Davahrias Schwester schüttelt den Kopf. »Ich kann aber eine Drohne kaufen. Mein Sohn sagt, dass die gar nicht so teuer sind.«

»Super. Aber dafür braucht ihr nicht meine Hilfe. Jetzt lasst mich mal alle in Ruhe. Ich will den Trojaner schreiben. Kurz vor 18 Uhr sollten wir dann beim Admin sein.«

»Geht das nicht schneller?«, beschwert sich Sofie.

Die sollte mal lieber Betriebswirtschaft studieren. Das würde zumindest zu ihrem Verhalten passen: Selbst nicht hacken können, aber sich bei anderen über die Geschwindigkeit beschweren.

»Während ihr eine Drohne besorgt, werde ich die Zeit nutzen, um nachzudenken und ein vernünftiges Programm zu schreiben. So ruiniere ich im Gegensatz zu dir, Sofie, nicht das Leben anderer. Wir gehen kurz vor Feierabend zum Admin, dann ist er von dem Serverausfall besonders genervt und will die Aufgabe schnell hinter sich bringen. So reduzieren wir Nachfragen und erhöhen die Erfolgswahrscheinlichkeit.«

Ich lege das Notebook, das mir Frau Davahrias Schwester in der Zwischenzeit gebracht hat, auf meinen Schoß, lade mir eine Entwicklungsumgebung[40] herunter und beginne mit der Programmierung.

Was um mich herum geschieht, nehme ich nicht mehr wahr. Denn nun schwelge ich im Code, der sich nicht beschwert oder beleidigt ist. Klare Befehle und eindeutige Zahlen. Davon umgeben, ist es für den Moment wieder toll, ich zu sein.

---

[40] In einer Entwicklungsumgebung kann ein Informatiker (wie ich einer bin) Programme mit Programmiersprachen schreiben. Das ist so, wie wenn jemand einen Text (wie diesen hier) in einem Schreibprogramm schreibt.

4. Tag

17:48 Uhr

Gerade parkt das Auto von Frau Davahrias Schwester Lily in einer Seitenstraße in der Nähe der Wohnung des Admins Larry. Zuvor hat Frau Davahria unter dem Vorwand *Spenden für obdachlose Hunde zu sammeln* bei ihm angerufen, um seine Anwesenheit zu verifizieren.

Da er Harald von meiner angeblichen Spionage erzählt und er soeben nichts gespendet hat, ist es nur fair, wenn sein Log-In meinem Trojaner die Tür in das System von Cettanight Enterprises öffnet.

Lily Davahria sitzt auf dem Fahrersitz, ich bin auf dem Rücksitz, die Fenster sind mit schwarzen Sonnenschutzmatten verhangen. Neben mir sitzt Harko. Er wird die Drohne, die Lily in einem Spielzeuggeschäft gekauft hat, fliegen. Die anderen sind in der Wohnung geblieben, da ihre Anwesenheit erstens keinen Sinn macht und zweitens zu viel Aufmerksamkeit erregen könnte.

Harko hatte den größten Teil des Tages damit verbracht, zu lernen, wie er die Drohne steuert. Kurz vor Aufbruch war er so gut, dass er der

Perserkatze, die hektisch im Zickzack durch die Wohnung lief, ohne Mühe folgen konnte.

Das ist schwieriger als es sich anhört. Respekt. Harko ist cleverer als er aussieht.

Über das Notebook sehen Harko und ich die Kamerabilder der Drohne. Bei dem Modell war bereits eine Kamera integriert, doch zur Sicherheit haben wir noch eine weitere angebracht.

Es kann also los gehen:

Harko platziert die Drohne auf dem Fenstersims der Wohnung im zweiten Stock, der auf einen kleinen Innenhof zeigt.

Hier hat sich das Schicksal – auch wenn ich an so einen Esoterikkram nicht glaube – gut zusammengefügt. Es ist beinahe unmöglich, dass jemand die geräuscharme Drohne im Schatten eines Baumes bemerkt.

Harko zoomt mit der ersten Kamera an den Arbeitsplatz von Larry heran, der zwar brav davor hockt, aber wen wundert es, nicht arbeitet.

Auf seinem Bildschirm ist eine Internetseite mit dem Slogan *Diskrete Dates mit Fantasie* geöffnet.

Damit die Kamera möglichst gut Larrys Tastatureingaben filmen kann, korrigiert Harko den Winkel der schwenkbaren Kamera. Derweil schreibe ich Sofie eine Nachricht, in der steht, dass sie den Admin anrufen kann.

Kurz darauf sehen wir über die zweite Kamera, wie sich Larry an sein Ohr fasst und einen Knopf an dem Headset drückt. Das ist vermutlich Sofies Anruf, in dem sie ihm nun von dem Serverausfall berichtet.

Larry drückt den Anruf weg und steht auf.

Als er kurz zum Fenster sieht, ist die Aufgabe, ein Foto seiner Augen zu erhalten, erledigt.

Er verlässt den Raum, kommt kurze Zeit später mit einer Tasse zurück und loggt sich in das Firmennetzwerk ein.

Zwei-Finger-Tipper sind perfekt auszuspionieren! Würde Larry das 10-Finger-Tipp-System beherrschen, müsste ich die Videoaufzeichnung später mehrmals anschauen, um die Fingerbewegungen nachvollziehen zu können. Aber so weiß ich mit nur einem Mal hinsehen, dass sein Passwort *IchBinLarry38* lautet.

Als er erkennt, dass es gar keinen Serverausfall gibt, haut er mit der Faust auf den Tisch, die Flüssigkeit – anscheinend Kaffee – schwappt aus der Tasse, was Larry nicht glücklicher werden lässt.

Zwar könnte ich mich an diesen Anblick noch länger erfreuen, aber ich verzichte. Dass sich Larry ärgert ist für mich ausreichend Genugtuung. »Ich habe alles was ich brauche. Wir können los.«

Harko fliegt die Drohne zum Auto, wo sie Lily in den Kofferraum legt und dann fahren wir zurück zur Wohnung.

4. Tag

19:12 Uhr

In der Wohnung angekommen, geht Lily direkt in die Küche. Dort schmiert Frau Davahria gerade Brote. Im Wohnzimmer sitzen Sofie, Harko und Rattengesicht auf dem Sofa und sehen fern.

Das fühlt sich an wie ein Déjà-vu der Situation von heute früh. Während ich mich abschuffte, lassen sie es sich gut gehen. Die Säcke!

Als sie mich wahrnehmen, wenden sie sofort den Blick vom Fernseher ab und sehen mich erwartungsvoll an.

»Hat es geklappt?«, fragt Sofie aufgeregt.

»Klar.« Ich zucke lässig mit den Schultern, flätze mich in den Sessel und klappe das Notebook auf meinem Schoß auf. »Jetzt kommt der einfache Teil. Ich logge mich mit Umweg über ausländische Proxies anstelle des Admins in das Firmennetzwerk ein und installiere wie geplant den Trojaner auf dem Webserver.«

In der kurzen Installations-Warte-Pause schiebe ich mir eine Scheibe von den Broten in den Mund, die Lily inzwischen zusammen mit einer Suppe und Salat auf den Tisch gestellt hat.

Wow! So einen guten Käse habe ich zuvor noch nicht gegessen. Vielleicht bekomme ich die beiden Schwestern dazu, ihre Wohnungen zu tauschen. Und dann lasse ich mich regelmäßig von Lily beliefern.

»Die Installation ist abgeschlossen. Wenn ich übers Internet die Webadresse meines Trojaners aufrufe, dann leitet er mich auf die normale Firmenwebseite von Cettanight Enterprises weiter. Genau so soll es sein.«

Sofie steht hastig vom Sofa auf, stellt sich seitlich von meinem Sessel hin und blickt mir über die Schulter. »Such sofort nach Informationen über Paul!«

Sofort? »Das hier ist keine universale Suchmaschine. Ich kann nicht einfach *Paul* in ein Suchfeld eingeben und schon ist seine Unschuld bewiesen. Das ist schon ein bisschen mehr Arbeit. Wenn ich dir jetzt jeden Schritt bis in das aller kleinste Detail erkläre, werde ich heute keine Infos mehr zu deinem Bruder finden.«

Sofie legt mir eine Hand auf die Schulter. »Ich möchte mehr erfahren. Ich will verstehen, wie das meinem Bruder angetan werden konnte und wer dafür verantwortlich ist.«

»OK. Dann erkläre ich aber nur das Allernötigste.«

»Na gut. Da das hier trotzdem länger dauert, muss ich zuvor unbedingt Kaffee haben, um mich konzentrieren zu können. Ich schlafe kaum. Mich macht die Sorge um Paul krank. Ich denke, dass wir alle einen Koffeinkick gebrauchen können, daher mache ich direkt eine ganze Kanne.«

Rattengesicht lächelt Sofie wie auf Droge an: »Gute Idee und danke, dass du dich so gut um uns kümmerst. Ich weiß, wie sehr du dich sorgst. Wir werden Paul raus holen. Ich bin mir sicher, dass es ihm gut geht. Er ist ein starker Typ. Der schafft das schon.«

Ich verkneife mir mal lieber zu sagen, dass Rattengesicht gar nicht wissen kann, wie es Sofies Bruder geht. Eine gesunde Portion Realismus scheinen die nicht zu vertragen. Darauf würden nur Tränen und Wutausbrüche folgen. Mit Sicherheit bin ich dann daran auch schuld. Da kann ich drauf verzichten.

Sofie nickt ihm mit einem strahlenden Lächeln zu: »Ein paar nette Worte tun mir jetzt richtig gut. Ich muss einfach daran glauben, dass es Paul gut geht. Sonst zerbreche ich. Danke, Stefan. Ich weiß es sehr zu schätzen, dass du für mich da bist.«

»Für dich bin ich immer da.«

Boah, ich könnte kotzen. Es würde mich nicht im Geringsten wundern, wenn in Rattengesichts Augen nun kleine rote Herzchen blinken. Bevor er Sofie noch weiter sein Herz ausschüttet, komme ich besser auf das eigentliche Thema zurück: »Wie heißt dein Bruder eigentlich mit Nachnamen?«

»Wieso?«, fragt Sofie.

»Ich habe mittlerweile kapiert, dass dir dein Bruder sehr wichtig ist. Aber er ist bestimmt nicht der einzige Paul im gesamten Datenbestand der Crime-Prediction-Software. Daher brauche ich mehr Parameter als seinen Vornamen.«

»Unser Nachname ist Sinableau.«

»Interessanter Name«, sage ich.

»Mein Urgroßvater war Franzose. Er lernte meine Urgroßmutter auf einem Schüleraustausch ...«

»Stopp. Das war keine Aufforderung mir deine Lebensgeschichte zu erzählen. Wir haben keine Zeit für Verzögerungen aufgrund von Gefühlsduseleien.«

Sofie zieht die Schultern nach oben und lässt sie wieder sinken. »OK. Ich schreibe dir gleich alle wichtigen Daten für die Suche auf.«

Das ist auch interessant. Ich hätte nun eigentlich Beleidigungen erwartet.

Sofie verlässt das Wohnzimmer, um für uns alle Kaffee zu holen.

»Ich gebe den Befehl *ping -c 3 localhost*[41] ein. Dann werden meine übergebenen Befehle

---

41 Ich will voran kommen und nicht lange auf Sofie warten. Und daher spare ich mir lange Erklärungen von Tools und ihren Parametern.

ausgeführt und ich erhalte Rückmeldung dazu.«

»Du hörst dich wohl gerne selber reden«, sagt Rattengesicht. »Sofie mag dein Gefasel gerade interessieren, aber im Grunde hat sie auch die Schnauze voll von dir.«

»Wie du weißt, war das nicht immer so. Als wir gemeinsam *intim* waren, war sie mir sehr zugeneigt. Aber ich will nicht in deinen Wunden bohren, sonst willst du mir nur wichtige Körperteile entfernen.«

Rattengesicht richtet sich auf und schiebt sein Kinn nach vorne. »Das hat sie dir alles nur vorgespielt. Du erwähnst die Sofie-war-bei-mir-im-Bett-Sache nur immerzu, da es dich ärgert, dass sie dich hat abblitzen lassen.«

»Und bei dir und Sofie ist es etwas ganz anderes?«

»Wir waren schon zusammen im Kino.«

Als wenn er mich damit beeindrucken könnte. »Wie süß! Habt ihr euch Popcorn geteilt und dann haben sich eure Hände rein zufällig berührt? Bis ins Kino schaffe ich es mit den meisten Frauen nicht. Falls doch, haben wir besseres zu tun, als uns den Film anzusehen.«

»Halt doch die Klappe!« Volltreffer! Zwischen den beiden lief rein gar nichts. »Du hast ja keine Ahnung. Mach einfach, was du da am Notebook machen musst.« Rattengesichts Kiefermuskeln zucken. Doch anstatt meine

Worte zu dementieren, lehnt er sich zurück und verschränkt die Arme.

Sofie kommt ins Wohnzimmer, gießt Kaffee in unsere Tassen, legt einen Zettel vor mir auf den Tisch und stellt sich wieder neben mich.
»Hier habe ich alle wichtigen Infos über meinen Bruder aufgeschrieben.«

»Gut.« Ich blicke nicht vom Notebook auf.

»Was sind das für Zeichenfolgen auf dem Bildschirm?«, fragt sie.

»Die Ausgaben sagen aus, dass der Server mit sich selbst kommunizieren kann. Diese Erkenntnis nützt mir zwar nichts direkt, dafür weiß ich aber indirekt, dass mein Trojaner wirklich meine Befehle ausführt und mir die Konsolenausgaben[42] zurück liefert.«

»Mint kann auch mit sich selbst kommunizieren und das nützt auch keinem etwas«, sagt Rattengesicht und Harko lacht donnernd.

»Was ist daran so witzig?«, fragt Sofie.

»Nichts von Bedeutung. Lass die Hühner einfach weiter albern gackern und fernsehen. Ich mache derweil wichtige Dinge, wie den HTTP-Proxy in meinem Trojaner auszuprobieren.«

»Wofür brauchst du noch einen Proxy? Ich dachte, die Verbindung zu Cettanight

---

42 Über eine Konsole nimmt ein Computer Befehle entgegen und gibt Informationen an den Anwender zurück.

Enterprises baust du über ein paar ausländische Proxies auf, um die Rückverfolgbarkeit zu erschweren«, fasst Sofie einen Teil meines genialen Plans korrekt zusammen.

»Genau. Cettanights Server glauben, dass meine Anfragen aus dem Ausland kommen und nicht aus diesem Wohnzimmer. Bis sie sämtliche Verbindungen zurück verfolgen, haben wir hoffentlich bereits meine Unschuld bewiesen.«

»Und die von Paul.«

»Ja ja, auch die«, lenke ich ein. »Den HTTP-Proxy nutze ich zusätzlich, um über ihn Intranetseiten abrufen zu können.«

»Das ist mir neu. Wie machst du das?«

Je mehr Fakten ich zu ihrer Inkompetenz erhalte, desto klarer wird mir, warum sie sich nicht bei Cettanight Enterprises rein hacken konnte[43].

»Nehmen wir mal folgende Situation: Ich gebe dir den Auftrag, Stefan zu sagen, dass er ein Arsch ist.«

»Pass bloß auf, was du sagst. Sonst werden dir deine blöden Kommentare eines Tages im Hals stecken bleiben«, empört sich Rattengesicht.

---

43 Nur so nebenbei: Sich mit einem Passwort und Irriscan einzuloggen ist nicht gleich zu setzen mit einem Hack.

Davon lasse ich mich nicht beirren. »Du sagts es ihm demnach an meiner Stelle. Daher bist du der Stellvertreter, also der Proxy. Für ihn sieht es so aus, als wärst du der Urheber dieser Nachricht.«

»Sowas würde Sofie nie zu mir sagen«, unterbricht Rattengesicht mich.

»Das stimmt. Stefan ist einer meiner besten Freunde. Ich weiß es sehr zu schätzen, dass er in dieser schweren Zeit an meiner Seite bleibt. Das machen nur ganz besondere Menschen«, erwidert Sofie.

Würg! Gerade wird mir klar, was Jay damit meint, wenn ihm emotional zum Kotzen ist.

»Zurück zum Thema: Ich lasse also meinen Trojaner eine bestimmte Webseite im Intranet, also im Firmen-Netzwerk von Cettanight Enterprises, abrufen. Er holt den Inhalt und liefert mir die Webseiten-Inhalte zurück, so dass ich sie im Browser anschauen kann. Ohne den Stellvertreter im Firmen-Netzwerk hätte ich von hier außen keine Berechtigungen, Informationen im Firmen-Netzwerk abzurufen.«

Sofie nickt.

»Ich starte den Browser in der Konsole und versuche auf das firmeninterne Wiki zuzugreifen.«

»Hat Wiki etwas mit Wikingern zu tun? Die finde ich voll cool«, fragt Harko völlig sinn- und kontextfrei.

Es fällt mir sehr schwer, ihm nicht die Bedeutung eines intellektuellen Vakuums zu erklären. Wer weiß denn bitte heutzutage nicht, was ein Wiki ist?

Sofie fühlt sich anscheinend zu einer Antwort verpflichtet: »Ein Wiki ist eine Wissens-Sammlung im Internet. Benutzer eines Wikis können eigene Texte zu bestimmten Themen verfassen oder bestehende Texte überarbeiten.«

Jetzt will ich aber wieder zur eigentlichen Sache kommen: »Das Wiki hier ist für sämtliche Entwicklungs-Bereiche bei Cettanight Enterprises das zentrale Dokumentations-System. Nun suche ich darin nach *Crime-Prediction-Server*.«

»Jetzt suchst du also doch nach einem Begriff.«

»Ja, aber trotzdem beweise ich damit noch niemandes Unschuld.« Ein paar Klicks später ergänze ich: »Ich habe gerade den Artikel zur Verteilungssicht geöffnet. Die Verteilungssicht gibt Auskunft darüber, auf welchen Servern die Crime-Prediction-Software läuft. Die Datensammel-, Datenaufbereitungs- und die Prognose-Prozesse sind demnach auf mehrere Server verteilt. Dazu kommt ein verteiltes Datenbank-Cluster und zwei Server, die die grafischen Oberflächen für Anwender zur Verfügung stellen. Die Datensammel-Prozesse haben weitere Abhängigkeiten zu

Datenbeständen außerhalb des Firmennetzwerks, vermutlich den Auskunfteien.«

»Einfach gesagt«, unterbricht mich Sofie, »sind dort Informationen über uns Bürger gespeichert. Die Crime-Prediction-Software nutzt diese Informationen, um kriminelle Tätigkeiten in der Zukunft zu ermitteln.« Sie setzt sich zu mir auf die Sessellehne.

»Aber einfach ist das nicht. Das sind sehr komplexe Berechnungen, die auf unterschiedlichen Ebenen ablaufen.«

»Trotzdem hast du es sehr kompliziert erklärt.«

»Vielleicht für Leute, die sich mehr um die Farbe eines Buttons Gedanken machen, als über seine Funktion.« Ich atme tief aus. »Wenn ich hier nicht immer um alles diskutieren müsste, wäre ich schon längst weiter gekommen.«

»Ja klar, Mr. Superbrain«, sagt Sofie sarkastisch.

»Gerne erkläre ich es auf Kindergartenniveau: Der Server bei Cettanight Enterprises ist wie ein riesiger Aktenschrank. Darin stellen ganz ganz ganz viele Unternehmen ihre vielen vielen vielen Akten hinein. In diesen Akten stehen Informationen, die sie von den Bürgern dieser Stadt gesammelt haben. Die Crime-Prediction-Software ist wie ein Polizist, der die Inhalte der Akten liest und daraus zukünftige kriminelle Handlungen ableitet.«

»Was wird da genau gesammelt?«, fragt Harko.

»Die Crime-Prediction-Software wurde dazu programmiert, sämtliche Informationen der Bürger unserer Stadt zusammenzutragen. Egal ob wir etwas im Internet suchen, online einkaufen oder per Fingerabdruck zahlen, alle digital verfügbaren Informationen über uns erhält die Software von außen. Selbst wenn jemand spazieren geht, weiß sie es in Sekundenschnelle.«

»Von wem? Ich habe keinem die Erlaubnis dazu gegeben.« Harko schnaubt und schlägt mit *Tod* auf das Sofa.

»Genau das kritisieren Gegner solch einer Software. Denn niemand merkt, wenn sein Standort, seine Kaufgewohnheiten oder sogar seine Online-Kontakte gespeichert werden. Da sind unter anderem Datenbanken von Supermarkt-Ketten, Auskunfteien, Kameras der Wächter, Versicherer, Telekommunikationsdienstleister, Maut-Systeme, intelligente Hauselektronik wie beispielsweise dein Fernseher und viele mehr, die unsere Daten übermitteln. Auch die meisten batteriebetriebenen Kinderspielzeuge protokollieren ihre Nutzung und senden diese Daten an die Hersteller und jeden, der dafür etwas zu zahlen bereit ist. Die Software weiß damit so gut wie alles über uns. Selbst wenn jemand keine elektronischen Geräte besitzt, so zahlt er noch immer digital oder wird irgendwann bestimmt von einer Kamera gefilmt.«

»Wow! Cettanight hat eine riesige Datenkrake geschaffen, ohne eigene Datenbestände aufbauen zu müssen. Die Daten erhält die Software automatisch von externen Unternehmen«, erkennt Sofie richtig.

»Stimmt. Das ist ein gutes bildliches Beispiel. Es ist so, als würde eine Krake – die Software – entspannt auf dem Meeresgrund hocken und sich alle Fische – die Daten der Bürger – ohne Hindernisse greifen. Teilweise liefern wir der Datenkrake sogar freiwillig und sehr gerne unsere Daten, damit sie unsere Fitness analysieren kann oder uns daran erinnert, dass das Toilettenpapier alle ist.«

»Das regt mich auf. Los, lass uns ein Video-Spiel spielen. Wir können da eh nicht weiter helfen«, sagt Harko zu Rattengesicht.

Das erscheint mir ein sehr typisches Verhalten für Unwissende zu sein: sie empören sich kurz darüber, halten das Thema dann aber für zu kompliziert und ignorieren es anschließend wieder.

»Coole Idee!«, erwidert Rattengesicht. »Sofie, magst du mit spielen? Etwas Ablenkung tut dir bestimmt gut.« Er klopft auf den freien Platz neben sich.

»Nein danke.« Sofie schüttelt den Kopf und wendet sich dann wieder mir zu. »Und Mint, wie kommen wir an die Daten, die für uns wichtig sind?«

Zwar ist mir Rattengesichts und Sofies Pseudo-Beziehung egal, trotzdem freut es mich, dass sie weiter mit mir nach den Daten suchen will.

OK. Wahrscheinlich interessiert sie sich wieder nur für ihren Bruder Paul. Trotzdem ist es ganz nett, ihren süßen Hintern in meiner Nähe zu haben. Sehr sexy und ich kann mich trotzdem auf meine Aufgabe konzentrieren. Ich bin halt multitaskingfähig.

»Einer der Webserver für die Anwendung ist auf diesem Rechner installiert. Wir suchen nach der Adresse des Datenbank-Clusters in allen Dateien, die wir in dem Anwendungs-Verzeichnis finden.«

»Was meinst du damit?«

Ich tippe die Befehle ein und sage: »Viele Anwendungen, die ich bei Cettanight Enterprises bisher gesehen habe, haben die Datenbank-Zugangsdaten in einer Textdatei im Dateisystem abgelegt. Falls wir keine Textdatei mit den Zugangsdaten finden, dann werden wir den Code dekompilieren und ihn uns anschauen.«

Sofie lässt nicht locker: »Lass mich das in meinen Worten wiederholen: Es gibt eine Datenbank, in der die Crime-Prediction-

Software die Kriminalitäts-Voraussagen speichert.«

»Um genau zu sein, sind es mehrere Datenbanken, die sich nach außen hin wie eine einzelne große Datenbank verhalten«, korrigiere ich.

»Meinetwegen. Du kannst einem aber auch nie Recht geben«, schnaubt Sofie. »Und die Zugangsdaten, also Benutzername und Passwort für diese Datenbank vermutest du in einer Datei auf diesem Server?«

»Ja.« Ich nicke bestätigend. Ich kann durchaus jemand anderem Recht geben.

»Und was bedeutet nun Dekomplimieren?«, fragt Sofie schon wieder etwas. Ihr Studium scheint noch nicht allzu weit fortgeschritten zu sein.

»Kompilieren ist die Umwandlung von menschenlesbarem Programm-Code in maschinennahen Code. Und Dekompilieren ist die Rückumwandlung von maschinennahem Code in menschenlesbaren Code.«

»Verstehe«, sagt Sofie. »Wenn du den Benutzernamen und das Passwort in keiner Textdatei findest, dann werden sie mit hoher Wahrscheinlichkeit im Programmcode stehen, den wir mit ein paar Tricks für uns lesbar machen.«

Ich nicke wieder.

Sofie zeigt auf das Notebook. »Und jetzt erscheint auf dem Bildschirm das Suchergebnis. Was sagt uns das?«

»Es gibt eine Datei mit der Adresse, dem Benutzernamen und das Passwort für das Datenbank-Cluster an. Sehr schön. Ich lade ein konsolenbasiertes Datenbank-Abfrage-Tool herunter und ermittle damit alle Tabellen, die in der Datenbank existieren.«

»Warum?«

»Weil ich zu viel Langeweile habe.«

»Komm schon, sei nicht albern.« Sofie stößt leicht ihre Schulter gegen meine.

Körperkontakt – das weiß ich von Jay – ist ein nonverbales Zeichen für Sympathie. Solange einen der Gesprächspartner nicht schlägt. Die Hoffnung auf eine Fortsetzung in meinem Bett gebe ich noch nicht auf. Wenn diese Sache hinter mir liegt, brauche ich wieder Spaß in meinem Leben. Den mit Sofie zu haben, wäre ein guter Anfang.

»Ist ja gut, ich bin wieder ernst. Die Wörter, die du hier siehst, repräsentieren jeweils eine Datenbank-Tabelle. Oder anders ausgedrückt: Einen Datensatz-Typ. Es gibt also Datensätze vom Typ *Person*, Datensätze vom Typ *Anschrift,* Datensätze vom Typ *Hinweis*. Daneben existieren noch viele andere Datensatz-Typen. Wir brauchen aber nur die Datensatz-Typen, die für uns von Bedeutung sind.«

Ich gebe einen Befehl am Notebook ein und deute auf die Ausgabe: »Nun schaue ich mir an, wie diese Daten technisch in Verbindung miteinander stehen. Hier handelt es sich um Hinweise auf zukünftige Verbrechen. Es können beliebig viele Personen aufgrund beliebig vieler Hinweise verdächtigt werden. Es ist wichtig, dass wir die Beziehungen und die Mengenangaben zwischen den Datensatz-Typen kennen. Damit können wir die Daten zusammenfügen und die richtigen Schlüsse daraus ziehen.«

»Wir wollen also wie der Polizist aus deinem Beispiel in den Akten lesen, um heraus zu finden, warum die Crime-Prediction-Software Paul und dich verdächtigt.«

»Genau. Jetzt suchen wir den Datensatz zu Thomas Baystrawn mit der Anschrift ...«

»Such zuerst nach meinem Bruder!«

»Nö. Falls wir auffliegen, gestört werden oder sonst irgendetwas Unvorhergesehenes passiert, dann sollten wir zumindest meine Unschuld bewiesen haben. Die Unschuld deines Bruders, sofern er überhaupt unschuldig ist, kommt danach dran.«

Sofie schlägt mir ihre flache Hand gegen den Hinterkopf.

Das hat eindeutig nichts mit Sympathie zu tun und schon lösen sich meine sinnlichen Tagträumereien mit mir und Sofie schmerzhaft auf.

»Ich suche noch früh genug nach deinem Bruder. Aber ich darf wohl meine Angelegenheiten vorrangig bearbeiten.«

»Du bist so ein egozentrischer Arsch! Du hockst hier gemütlich im Sessel, lässt dich bedienen und währenddessen sitzt mein Bruder im Gefängnis. Wir wissen nicht, wie es Ben, Pit und Jay geht. Vielleicht sind sie schon längst inhaftiert worden. Vielleicht wurde ihnen aber auch Schlimmeres angetan. Interessierst du dich wirklich nur für dich selbst? Hast du überhaupt kein Mitgefühl? Noch nicht mal für Jay?«

»Das weiß ich alles. Aber was bringt es mir, mich zu sorgen? Dadurch würde ich nur Energie und Zeit verschwenden. Was soll ich deiner Meinung nach tun? Soll ich nicht mehr essen und trinken? Soll ich heulend in der Ecke sitzen? Nur damit ich Mitgefühl zeige? Dadurch helfe ich niemanden. Ich handel lieber. Ich kann aktuell nicht mehr tun, als heraus zu finden, was mit der Crime-Prediction-Software los ist. Und genau das mache ich gerade. Und wenn ich erst nach meinen Daten suche, dann ist das vielleicht egozentrisch. Na und? Ich bin trotzdem hier und helfe. Außerdem kann ich nur helfen, wenn ich auf freiem Fuß bin.«

»Aber ...«

»Kein aber. Ich bin es leid, immer als der große, böse, egoistische Arsch dargestellt zu werden. Ich bin nicht grad der empathische Typ und trotzdem habe ich das Recht, so zu sein und zu leben wie ich will. Ich verletze niemanden absichtlich. Ich sage meine Meinung und wenn die aneckt? Nicht mein Problem! Gerade ist auch mein Leben in Gefahr. Und ich werde nicht wieder die Gründe dafür aufzählen. Die kennst du nur all zu gut. Ich erledige das hier und dann gehen wir getrennte Wege.«

»Das musstest du dir wohl mal von der Seele reden«, sagt Harko.

»Mint ist doch ein Softie«, erwidert Rattengesicht und grinst blöd.

»Ihr geht mir sowas von auf den Sack!«
»Dito.«

Wie gern würde ich jetzt einem Online-Gegner die Rübe wegblasen. Aber stattdessen konzentrier ich mich auf meine Aufgabe. Nur so komme ich hier hoffentlich bald weg.

Zurück zu den Daten. Ich tippe ein paar Befehle ein und mein Trojaner gibt mir zuverlässig Antworten. Neben meiner aktuellen Anschrift kennt Cettanight Enterprises alle meine vorherigen festen Anschriften und sogar temporäre Hotel-Übernachtungen und Aufenthalte in anderen Wohnungen sind dokumentiert.

»Mint? Sprichst du jetzt nicht mehr mit mir?«, fragt Sofie. »OK. Ich bin nicht ganz fair zu dir. Mir tut es wirklich leid, was gerade mit dir passiert und ich bin dir sehr dankbar, dass du mir trotzdem hilfst.«

Blablabla. Jetzt tut ihr alles leid und im nächsten Moment schlägt sie mich. Da ich Sofie eh nichts recht machen kann, spreche ich nur noch sachlich mit ihr. »Wir sollten uns die Hinweise zu eventuellen kriminellen Aktivitäten näher ansehen. Ich gebe daher den Befehl zum Selektieren von hundert Hinweisen zu meiner Person ein.«

Sekunden später erscheinen sie scheinbar unsortiert auf dem Bildschirm.

»Oh, da steht aber ziemlich viel über dich drin«, bemerkt Sofie.

»Es sind erstaunlich viele feingranulare Details. Zu jedem Hinweis sind ein Anlage-Datum, ein beschreibender Freitext, eine Quellenangabe und ein paar weitere Infos vorhanden. Die meisten davon sagen aus, wie viel Zeit ich mit welchem Computerspiel verbracht habe. Als Quelle sind die Statistik-Datenbanken der unterschiedlichen Computerspiel-Betreiber eingetragen.«

»Die Spiele sind als *brutal* und *aggressionsfördernd* eingestuft«, wiederholt Sofie den aufgelisteten Text.

»Das ist ein anderes, sehr kontroverses Thema, das wir heute nicht allumfassend diskutieren können. Zurück zur Sache: Welche meiner Tätigkeiten stuft die Crime-Prediction-Software denn noch als einen Hinweis auf mögliche kriminelle Tätigkeiten ein? Hier ein kleiner Auszug:

- ```
  Kauf von Rasierklingen.
  ```

Die Info stammt vom Supermarkt um die Ecke. Die verkaufen selbstverständlich meine Nutzungsdaten.

- ```
  Ausleihe des E-Books
  »Cyberwar: Versteh den
  Feind«
  ```

Das Thema war höchst interessant. Das Buch habe ich etwa vor einem halben Jahr gelesen.

- ```
  Abo-Zahlung für ein
  Augmented-Reality-Spiel
  mit hohem
  Aggressionspotential.
  ```

Hierbei ist kriminell, dass Cettanight Enterprises nur das Equipment zur Verfügung stellt, aber nicht die Gebühren zur Nutzung des Spiels zahlt.

»Da wunderst du dich noch, dass du als zukünftiger Mörder gesucht wirst?«, fragt Sofie.
Was für ein Bullshit!
  ```

Um eine zeitraubende Diskussion zu vermeiden, gehe ich nicht auf Sofies Worte ein.

»Ich erweiter die zuvor gestellte Suchanfrage um eine absteigende Sortierung nach Datum.« Ich drücke auf der Tastatur *Enter*.

Wieder erscheint auf dem Bildschirm eine Liste von Hinweisen auf meine möglichen kriminellen Tätigkeiten. Was ich da sehe, gefällt mir gar nicht:

- Spionage bei Cettanight Enterprises mit firmeninternen Zugangsdaten.
- Unterstützung einer kriminellen Gruppierung, die nachweislich illegale Substanzen gekauft hat.
- Zu der Gruppe gehört u.a. die Informatikstudentin Sofie Sinableau, deren Bruder Paul Sinableau seit kurzem im Gefängnis inhaftiert ist. Planung eines Ausbruchs möglich.
- Körperliche Übergriffe auf Wächter. Einstufung: Gefährlich.

- Flucht aus Gewahrsam der Wächter. Lässt auf weiteren Ungehorsam, Gewaltbereitschaft und kriminelle Tätigkeiten schließen.

»Die Datenbankeinträge stammen aus den Systemen der Wächter und beschreiben die Ereignisse der vergangenen Tage.«

Scheißdreck: Selbst wenn ich meine Unschuld hinsichtlich des Mordverdachts an Frau Davahria beweisen kann, beäugt mich die Crime-Prediction-Software zukünftig sehr kritisch.

Weiter unten finde ich weitere Hinweise:

- Zahlreiche Mails von Thomas Baystrawn lassen darauf schließen, dass er seiner Nachbarin Frau Petty Davahria schaden will. Begriffe wie *Morden, Töten, Hals umdrehen, sie wird es bereuen*, sind vermehrt genutzt worden.

Besser ich werde meinen Frust in Mails los, als dass ich meine Worte wahr mache.

- In Gesprächen unter
  Arbeitskollegen hat Thomas
  Baystrawn auch aggressive
  Äußerungen mit
  Morddrohungen gegenüber
  seiner Nachbarin
  ausgesprochen.

»Als Quelle ist *manueller Eintrag* angegeben. Seltsam. Zudem bin ich mir sehr sicher, dass ich über Frau Davahria noch nie mit einem Kollegen gesprochen habe.« Gibt es überhaupt einen Kollegen, dem ich je etwas Privates mitgeteilt habe?

»Woher stammt der Eintrag?«, fragt Sofie, die sich die Hinweise für meinen Geschmack zu genau durchliest.

»Die Information, wer diesen Eintrag vorgenommen hat, ist leer. Ich filter meine Hinweis-Einträge nach der Quelle *manueller Eintrag* und ohne Autoren-Angabe.«

Als Antwort erhalte ich nur wenige weitere Datensätze:

- Auf seinem Computer hat
  Thomas Baystrawn ein
  passwortgeschütztes
  Dokument gespeichert, in
  dem er den Mord an seiner
  Nachbarin Frau Davahria
  plant.

- Frau Davahria leidet an Epilepsie. Hierzu hat Thomas Baystrawn recherchiert. Sein Fokus lag auf plötzliche Todesurachen aufgrund der Krankheit.
- Zwei Tage nach der Recherche hat Thomas Baystrawn den Fernseher von Frau Davahria gehackt und eine Schadsoftware installiert, die beim Einschalten eine Bilderflut auslöst. Dies könnte Frau Davahria töten.
- Ausleihe des eBooks »Epilepsie Basiswissen«.

»Nichts davon ist wahr. Zwar nervt mich Frau Davahria, aber umbringen würde ich sie nicht. Insbesondere würde ich nicht darüber sprechen oder es schriftlich festhalten.«

»Wie viele weitere manuelle Einträge ohne Autoren-Angabe gibt es unabhängig von deiner Person?«, fragt Sofie berechtigterweise.

»Das habe ich mich gerade auch gefragt.«

Ich passe meine Suchanfrage an, schicke sie ab und erhalte etwa dreißig Datensätze.

»Das sind vermutlich viel zu wenige Datensätze, als dass sie aus dem realen Betrieb stammen können.«

»Was hat das zu bedeuten?«, fragt Sofie hörbar aufgeregt.

»Fucking hell!« Ich fahre mir mit einer Hand durch die Haare. »Das sieht für mich nach einer gezielten Manipulation aus.«

Ich suche anhand Sofies Informationen nach den Datensätzen von ihrem Bruder Paul.

»Hier wurde manuell eingetragen, dass mein Bruder Drogen an Kinder verkaufen will und sich schon des öfteren an Schulhöfen aufgehalten hat«, kommt mir Sofie zuvor.

»Wie ist eine Manipulation möglich?«

»Wenn der Manipulierende direkten schreibenden Zugriff auf die Datenbank gehabt hätte, hätte er vermutlich irgendeine Pseudo-Datenquelle angegeben und nicht *manueller Eintrag* geschrieben. Dementsprechend wird er oder sie eine Anwendungs-Schnittstelle benutzt haben.«

»Wir haben doch gerade schreibenden Zugriff auf die Datenbank«, klugscheißt Sofie.

»Ja, wir haben schreibenden Zugriff auf die Datenbank. Das heißt, dass wir neue Hinweise hinzufügen und existierende manipulieren können.«

»Dann lösch die Einträge zu meinem Bruder!«, drängt Sofie.

»Nein«, interveniere ich, »ich möchte genauer wissen, wie der Angreifer vorgegangen ist. Den Datenbestand können wir später immernoch ändern.«

Ich rufe nochmal die firmeninterne Wiki-Seite zur Verteilungssicht des Crime-Prediction-Systems auf. »Was sagt dir das?«

»Die Server, die die grafischen Benutzer-Oberflächen berechnen, sprechen mit der Anwendungslogik auf einem anderen Server, um Hinweise anzulegen. Es gibt also verschiedene Systemteile mit jeweils eigenen Aufgaben. *Separation of concerns* nennen Informatiker so eine Aufteilung von Funktionalität in einzelne spezialisierte Funktionseinheiten. Dadurch sind die Funktionseinheiten alleinstehend besser wart-, skalier- und testbar als ein großes monolithisches Stück Software.«

Ich halte für einen Moment erfürchtig inne. »An diesem System scheint jemand mit Erfahrung mitgewirkt zu haben. Respekt.«

»Findest du das jetzt etwa gut?« Sofie kneift mir in den Oberarm.

»Aua! So ein System kann nicht irgendein Möchtegern-Informatiker umsetzen. Das System ist technisch betrachtet cool und zwar unabhängig davon, ob nun jemand eine Sicherheitslücke ausgenutzt hat oder nicht.«

Ich schaue mir die Schnittstelle zwischen den Programmteilen an. Sie ist in Form eines Webservices realisiert. »Eventuell hat der Manipulierende hierüber die falschen Datensätze angelegt.«

»Wie findest du das heraus?«

»Da ich auch ziemlich coole Sachen drauf habe, lade ich ein Mini-Programm zum Ansteuern von Webservices auf Lilys Notebook herunter und konfigurier es für den Zugriff über meinen Trojaner-Proxy auf den gerade ermittelten Webservice. Damit lege ich selbst einen Hinweis für mich an, lasse aber die Autoren-Angabe leer.«

»Das heißt, du kannst damit selbst einen Eintrag zu dir in der Software herstellen?«

»Genau das möchte ich herausfinden.«

Ich trage die Daten ein und sende den Befehl ab. Danach schaue ich in der Datenbank, ob es einen neuen Hinweis zu meiner Person gibt. Und tatsächlich erscheint auf dem Bildschirm als jüngster Eintrag:

- ```
  Mint ist cool.
  ```

»Als Quelle ist *manueller Eintrag* ohne Benutzernamen angegeben. Die Manipulation ist also auf genau diesem Weg möglich«, erkläre ich.

»Diese Information hast du gerade selbst in deine sogenannte Akte geschrieben.«
  ```

»Nein, diese Aussage kam von einer externen Quelle. Das ist ein unbestreitbarer Fakt«, ich grinse und erhalte dafür wieder einen Schlag an den Hinterkopf. Aber diesmal deutlich sanfter.

»Sei nicht albern. Du hast das selbst geschrieben.«

»Ja, das hast du gut erkannt. Du hast also ordentlich zugehört und zugeschaut.«

»Und auf die gleiche Art könnte jemand anderes die belastenden Hinweise über dich und Paul ins System eingeschleust haben.« Sofie umarmt mich stürmich. »Das ist der Beweis, dass die Crime-Prediction-Software manipuliert wurde und Paul unschuldig ist!«

»Zumindest ein paar Einträge scheinen von jemand nicht autorisiertem eingetragen zu sein.«

»Also wollte jemand Paul loswerden und gab falsche Informationen in die Software ein, damit er weg gesperrt wird. Bestimmt hat die Person noch mehr Daten verändert und Paul ist dahinter gekommen.«

»Ja, das erscheint mir plausibel. Und nachdem ich der Person angeblich auf die Schliche kam, hat sie mir einen zukünftigen Mord angehängt. Die Informationen wurden eingegeben, kurz nachdem ihr euch mit meinen Daten eingeloggt habt.«

Sofie drückt mir einen Kuss auf die Wange. »Danke, Mint. Anhand der gefälschten Daten können wir deine und Pauls Unschuld beweisen.«

Ich grinse. »Bedeutet der Kuss, dass wir alles vergessen und später da wieder anfangen wo wir aufgehört haben?«

»Du spinnst doch!«

»Dann halt nicht.« Ich verschränke die Arme hinter den Kopf und lehne mich entspannt in den Sessel zurück.

Es klingelt.

»Wächter. Öffnen Sie die Tür!«, ruft eine gedämpfte Männerstimme.

Keiner von uns rührt sich.

Vor dem Fenster seilen sich zwei schwarz gekleidete Männer auf den Balkon ab, treten die Balkontür ein und stürmen ins Wohnzimmer.

Mist! Schon wieder das Black-Team.

Sofort stürzt sich Harko auf einen von ihnen, schlägt ihm die Waffe aus der Hand und verteilt Fausthiebe mit *Tod* und *Gnade*.

Der Wahnsinn! Ich starre gebannt auf die Kampfszene vor mir. Nur ist das hier alles andere als ein Actionfilm.

Rattengesicht schnappt sich eine Vase von einem Beistelltisch und haut sie dem zweiten Wächter über den Kopf. Diese Verteidigungstechnik hat er drauf. Das war eine Feststellung und kein Lob.

Sofie schnappt sich das Notebook und stopft es in einen Rucksack. »Nimm das Notebook und hau über das Seil ab«, schreit sie und zeigt auf den Balkon, während sie dem bewusstlosen Wächter die Abseil-Ausrüstung abnimmt.

»Was hast du für krasses Zeug geraucht? Niemals springe ich da raus.«

»Jetzt mach schon!« Sofie zieht mich am Arm aus dem Sessel raus.

»Mach du doch!«

»Nur du kannst genau erklären, was es mit den gefälschten Daten auf sich hat.«

Scheiße! Da hat Sofie wohl recht.

Ich schultere den Rucksack und vor meinem geistigen Auge tauchen Bilder von Actionfilmen auf, in denen die Helden lässig aus dem Fenster springen und das Seil während des Sprungs mit einer Hand greifen und schnell irgendwo befestigen.

Ganz easy – im Film.

Während Sofie mir die Abseil-Ausrüstung des Wächters anlegt und mich auf den Balkon schiebt, bilden sich Schweißperlen auf meiner Stirn.

Was auf mich zukommt, gefällt mir ganz und gar nicht. Weiß Sofie überhaupt, was sie da macht?

Anscheinend ja: Sie befestigt souverän das herunter hängende Seil an meiner Ausrüstung, umarmt mich kurz und gibt mir einen Kuss auf die Wange. »Fertig. Du kannst abhauen. Wenn du das Seil nach unten ziehst, ist es fest. Wenn du das Seil hoch hältst, dann lässt du dich ab.«

Das sieht einfach aus. Ich fühle mich plötzlich überaus mutig und so mache ich mich mit dem Mechanismus vertraut.

Doch als ich über das Balkongeländer blicke, sehe ich klitzekleine Autos unter mir. Der Mut verlässt mich genauso schnell, wie er gekommen ist. Wird mich das Seil halten? Ist es lang genug? Bremse ich ausreichend viel? Sollten wir uns nicht eher den Weg über die Treppe frei kämpfen? Ich schüttle heftig mit dem Kopf und drehe mich mit dem Gesicht zur Hauswand.

Daraufhin ruft Sofie: »Harko, Mint ist wieder mal bockig. Er will nicht runter klettern.«

Bockig?, will ich mich beschweren, komme aber nicht dazu.

Harko hört auf, einen Wächter weich zu prügeln, steigt durch den Rahmen der Balkontür, kommt auf mich zu und hebt mich über die Balkonbrüstung.

Nur seine Arme unter meinen Achseln verhindern, dass ich falle.

Ich schreie um mein Leben und versuche nach dem Balkongeländer zu greifen.

Vergeblich.

»Mint«, sagt Sofie ruhig aber bestimmt, »wenn du dich nicht mit dem Seil sicherst und

Harko dich gleich los lässt, klatscht du unten auf.«

»Das wagt er nicht.«

Oh Shit!

Keine Sekunde zu spät reiße ich das Seil herunter und betätige damit die Bremse.

Mein Herz hämmert gegen meinen Brustkorb und ich atme hektisch.

Ich kralle mich an dem Seil fest, bis ich bemerke, dass mich die Sicherung von allein hält.

»Was trödelst du noch? Steig endlich ab!«, ruft Harko.

Mir gehen zahlreiche Beschimpfungen durch den Kopf, aber ich kriege kein Wort heraus.

Da ich keine andere Wahl habe, folge ich Sofies Instruktionen und bewege mich langsam einen Meter nach dem anderen in Richtung Boden.

Von oben höre ich Schreie und zersplitterndes Glas.

Unbeirrt davon gleite ich langsam weiter runter, während ich mich mit den Füßen an der Wand und an den Balkongeländern in den unteren Stockwerken abstütze.

Über mir surrt es. Ich schaue hoch und blicke auf eine Drohne, die über mir schwebt. Mein Fluchtversuch scheint nicht unbemerkt geblieben zu sein.

Egal.

Denn die Drohne hat keine Schussvorrichtung.

Schritt für Schritt nähere ich mich dem Boden und mit jedem Meter, den ich schaffe, brennen meine Handflächen etwas mehr aufgrund der Reibung am Seil.

Es ist zwar ein ungünstiger Moment, aber genau jetzt erinner ich mich daran, dass die Actionfilm-Helden ohne Kletterausrüstung und ohne Handschuhe an Seilen hinab rutschen und trotzdem ein cooles Grinsen im Gesicht haben.

Total unrealistisch.

Es brennt höllisch und ich unterdrücke die aufsteigenden Tränen nur mit Mühe.

»Thomas Baystrawn, Sie sind umstellt. Ergeben Sie sich oder wir schießen!«, dröhnt eine Stimme aus einem Lautsprecher.

Ich blicke seit dem Abstieg das erste Mal zu Boden.

Nur noch zwei Meter.

Zwei Meter zwischen mir und zwei Wächtern, die ihre Waffen auf mich richten.

Ich steige weiter ab, spüre festen Grund unter meinen zitternden Beinen, lasse das Seil los, hebe meine Hände und gebe auf.

Gerade wollen die Wächter auf mich zu gehen, da springen die beiden Davahria-Schwestern vor mich – keine Ahnung wo die so schnell her kommen – und sprühen den Männern etwas ins Gesicht.

Die Wächter schreien, pressen ihre Hände an die Augen und lassen ihre Waffen fallen.

Das war wohl Pfefferspray.

»Nehmen Sie die mit«, sagt eine der beiden Davahrias und hält mir die Pistole eines Wächters hin.

Ich laufe los und bin dankbar für das Ablenkungsmanöver.

Aber eine Verschnaufpause ist mir nicht lange gegönnt, denn schon verfolgen mich Wächter-Drohnen.

Als ich um eine Ecke biege, kommt gerade ein Taxi auf mich zu.

Was für ein Glück!

Ich winke das Taxi zu mir und steige auf den Rücksitz.

»Wo wollen Sie hin?«, fragt der Fahrer.

Vor ihm steht ein Fernseher auf dem die stündliche Nachrichten-Sendung mit der sexy Journalistin läuft.

Da weiß ich, was zu tun ist. »Fahren Sie mich zu dem Fernsehsender.« Ich zeige auf den Bildschirm.

»Das ist nicht mein Fahrgebiet.«

Es wird echt Zeit, dass Taxen führerlos unterwegs sind. Die Autos fahren eh selbst und die Fahrer sind nur noch dafür da aufzupassen, dass die Kunden zahlen und nichts kaputt machen. Es gab schon führerlose Taxen und die Türen öffneten sich erst nach Zahlung.

Zahlreiche demolierte Innenräume später wurden wieder sogenannte Fahrer eingesetzt.

Für Diskussionen habe ich keine Zeit und so halte ich dem Mann die Pistole an den Hinterkopf. »Los!«

»Ich habe Frau und Kinder«, wimmert er.

»Mein Beileid. Ich will trotzdem dort hin!« Dank der zahlreichen Nutzung der Game-Pistole beim Joggen weiß ich mit Waffen umzugehen. Zumindest ansatzweise. Ich entsichere die Pistole und drücke sie dem Mann fester gegen den Kopf.

»Schalten Sie sämtliche internetbasierte Technik aus. Fahren Sie nicht mit der Automatik, sondern im manuellen Modus.« Eigentlich ist es nur in ganz wenigen Ausnahmesituationen erlaubt, manuell zu fahren. Nach Unfällen zum Beispiel, wenn die Automatik die Situation nicht gut genug bewerten kann.

Meiner Meinung nach ist das gerade ganz klar eine Ausnahmesituation. Selbst wenn mich die Drohnen verfolgen, so sollen mich die Wächter nicht vor meinem Zielort stoppen können.

Der Fahrer sieht das hier – mit meiner Pistole am Kopf – auch als Ausnahmesituation an. Er schaltet alle unnötige Technik aus, kramt im Handschuhfach, holt einen Controller zum Vorschein, stöpselt ihn in das Armaturenbrett ein und fährt los.

Nach etwa dreißig Minuten ...

... hält der Fahrer auf meinen Befehl hin das Taxi direkt vor der Eingangstür des Fernsehsenders. Über dem Gebäude schwebt mindestens ein Dutzend Drohnen – mit Schußvorrichtung – so ein Mist! Sie scheinen geahnt zu haben, wohin ich will.

Mir bleibt keine andere Wahl: »Sie kommen mit mir!« Ich drücke die Pistole stärker an den Hinterkopf des Taxifahrers. »Steigen Sie langsam aus und öffnen Sie meine Tür. Und denken Sie gar nicht erst daran, zu fliehen. Ich habe mir Ihre Daten auf Ihrer Taxilizenz gemerkt. Eine falsche Entscheidung und ich lösche Ihre Credit-Konten mit nur einem Mausklick. Dann können Ihre Kinder sich ihren Unterhalt mit Taxifahren selbst verdienen.« So einfach ist es nicht, aber das weiß er sicherlich nicht. »Und vorher erschieße ich Sie.« Das ist ein deutlich besseres Druckmittel.

Zu meiner Bestätigung nickt der Mann, steigt aus dem Wagen aus und öffnet die hintere Seitentür.

Ich steige ebenfalls aus, stelle mich hinter ihn und drücke die Pistole in seinen Rücken.

Die Drohnen schweben ein Stück näher heran, umkreisen uns in etwa fünf Metern Entfernung, schießen aber nicht. Bestimmt wegen meiner Geisel – läuft also alles nach Plan. Wenn ich bei diesem Chaos überhaupt von einem Plan sprechen kann. Wie sehr vermisse ich meine wohldefinierte Computerspiele-Welt, in der ich den Verlauf mit einem Click zu meinen Gunsten bestimmen kann oder mich einfach auslogge, wenn ich keinen Bock mehr habe.

Ich schiebe meinen menschlichen Schutzschild vorwärts in Richtung Eingangstür und wir betreten mühelos das Gebäude, denn es hindern uns keinerlei Sicherheitsvorkehrungen daran – vielmehr sind die unbewachten Türen weit geöffnet.

Im Foyer zeigen mehrere Bildschirme die Live-Sendungen. »Wir müssen ins Studio 1«, erkenne ich und laufe – meine Geisel voran – den schwarzen Pfeilen am Boden mit der Unterschrift *Studio 1* nach und wir kommen drei Flure weiter bei einer Tür an, auf der am oberen Rahmen rot aufleuchtet:

```
Live Sendung - Betreten
       verboten
```

Das ist mir so was von egal. Ich lasse meine Geisel die Tür öffnen und trete hinter ihr ins Studio ein. Kein Alarm ertönt, niemand – wie zum Beispiel ein Wachmann – wirft sich auf mich.

Die Journalistin steht in einem dunkelblauen Kostüm vor einer Kamera und interviewt anscheinend einen Bäcker. Sie sieht in der Realität genauso gut aus wie im Fernsehen.

»Was soll die Zusammenarbeit mit Robotern für Ihre Backwarenfabrik bewirken?«

»Die Roboter ...«

Ich stelle mich samt meiner Deckung vor die Kamera und unterbreche damit das Gespräch.

Wieder hält mich niemand auf. Die Mitarbeiter des Senders führen ein sehr sorgloses Leben.

»Das ist der gesuchte Mörder«, stammelt der Bäcker und zeigt auf mich.

»Zukünftiger Mörder.« Wennschon, dennschon möchte ich korrekt angesprochen werden. »Und zu Unrecht beschuldigt.«

Der Bäcker weicht trotz der Wahrheit einen Schritt zurück und stellt sich hinter die Journalistin, die ihr Mikrofon wie ein Schwert vor sich hält.

Warum?

Oh! Ich ziele an meiner Geisel vorbei mit der Waffe auf die beiden. Ist mir gar nicht aufgefallen.

»Keine Panik«, sage ich, senke die Pistole und schubse meine Geisel zur Seite, die sofort davon läuft.

Das Mikrofon der Journalistin zittert in ihren Händen und der Bäcker fängt an wie ein Schwein zu schreien, das zur Schlachtbank geführt wird.

Und ich dachte immer, es sei ein Gerücht, in einer panischen Situation bloß nicht *Keine Panik* zu sagen. Vielleicht liegt ihre Reaktion aber auch daran, dass ich noch immer die Waffe in meiner Hand halte?

Ich stecke die Pistole gesichert in meinen Hosenbund. »Ich werde Ihnen nichts tun. Ich will meine Unschuld beweisen.« Ich lege langsam meinen Rucksack ab und hole das Notebook heraus. »Mit den Informationen auf diesem Notebook«, ich halte es der Journalistin entgegen, »kann ich belegen, dass die Crime-Prediction-Software von Cettanight Enterprises eine Lücke hat und mir der zukünftige Mord angehängt wurde.«

Der Bäcker hat sich mittlerweile hinter der Studiokulisse versteckt. Was für ein Weichei.

Die Journalistin hingegen strafft ihre Schultern, geht einen Schritt auf mich zu und zieht mich neben sich direkt vor die Kamera. So als hätte sich bei ihr ein Schalter umgelegt, weicht die Panik in ihrem Gesicht und sie lächelt selbstbewusst. »Herr Thomas Baystrawn, schön Sie persönlich kennen zu lernen.« Sie reicht mir ihre Hand und hält das Mikrofon unter mein Kinn. »Es ging gerade alles ziemlich schnell. Erklären Sie bitte

nochmal den Zuschauern Ihre Entdeckung.«
Sie hat offensichtlich ihre Chance auf eine exklusive Story gewittert.

»Nennen Sie mich Mint. Es begann alles damit ...«

Zwei Wochen später

11:27 Uhr

Ich stehe dem blonden Muskelprotz direkt gegenüber und halte ihm eine Pistole an die Stirn.

Nachdem ich den Spiel-Account des Anabolika-Bodybuilder-Surfer-Boys – also des 16jährigen lispelnden Jungen mit Hornbrille – gehackt und all seine Punkte und Waffen auf meinen Account übertragen habe, ist er ziemlich hilflos.

Nun kniet seine Spielfigur winselnd vor mir und fleht um Gnade.

Er hat verhindert, dass ich Level 42 erreiche. Da kenne ich kein Erbarmen und drücke ab, worauf sich der Muskelprotz in einer roten Wolke auflöst.

Auf dem Monitor erscheint Jays Foto und ich öffne den Chat.

Hot_Red_Jay: Gleich spricht Josh Cettanight zum ersten Mal im TV darüber, dass du anhand der gefälschten Daten deine und Pauls Unschuld bewiesen hast.
C00l_Mint: Ich bin gerade mitten in einem Spiel.

Hot_Red_Jay: Tu nicht so desinteressiert und sieh es dir an.
C001_Mint: OK. Aber nur damit du mich nicht wochenlang nervst.
Hot_Red_Jay: Stimmt. Nachher treffe ich mich mit Harko & Co. in der Uni-Cafeteria. Kommst du auch?
C001_Mint: Keine Zeit.
Hot_Red_Jay: Bist du noch immer angepisst?
C001_Mint: Jep.
Hot_Red_Jay: Es hat sich doch alles geklärt. Du stellst dich echt an. Na gut, bis dann ...

Ich klicke den Chat weg und schalte die Nachrichten an.

Im Studio sitzt Josh Cettanight wieder bei der Journalistin – die mir ihre private Nummer für *intime Details* gegeben hat.

»Laut einer Umfrage wollen 72 Prozent der Bürger, dass die Crime-Prediction-Software abgeschaltet wird. Warum nutzen die Wächter weiterhin Ihre fehlerhafte Software?«

»Die Software funktioniert tadellos. Wie Sie bereits wissen, hat eine noch unbekannte Person die falschen Informationen eingepflegt«, erklärt Cettanight.

»Ein Mitarbeiter bei Cettanight Enterprises?«, fragt die Journalistin.

»Ein Spezialisten-Team sucht intern und extern nach dem Täter.«

Die Journalistin streicht mit einer Hand eine lose, blonde Haarsträhne hinter ihr Ohr.

»Während Sie mit der Suche beschäftigt sind, bleiben unschuldige Bürger eingesperrt.«

»Wir haben nur zu drei weiteren Personen intern eingefügte Fehlinformationen entdeckt. Diese Personen wurden sofort frei gesprochen und haben eine hohe Entschädigungsumme erhalten.«

»Wollen Sie auch in Zukunft unschuldig inhaftierte Personen mit Geld zum Schweigen bringen?«

Cettanight greift nach einem Glas vor sich und nimmt einen Schluck Wasser.

Er bleibt für mich ein cooler Typ. Das hat übrigens nichts mit der Creditsumme zu tun, die nun lange Zeit dafür sorgt, dass ich mit noch mehr Freizeit noch entspannter leben kann. Außerdem hatte mir Cettanight eine Beförderung in das Spezialisten-Team angeboten, damit ich zusammen mit ihnen nach dem Täter suchen kann.

Nein danke. So wie die Öffentlichkeit gerade drauf ist, bedeutet das nur Überstunden. Die wollen sofort Antworten und Taten sehen. Dafür schufte ich mir doch nicht den Arsch ab.

»Die Überarbeitung der Software hat dazu geführt, dass weitere Manipulationen nicht möglich sind«, antwortet Cettanight der Journalistin. »Wir können schon zahlreiche Situationen belegen, in denen die vorsorglich Verhafteten ihre zukünftige Tat gestanden haben. Demnach beweist dies auch die korrekte Arbeitsweise der Crime-Prediciton-Software. Die Wächter gehen den Hinweisen der Software zukünftig noch gründlicher nach. Gemeinsam sorgen wir für mehr Sicherheit in unserer Stadt.«

»Wie viel Geld bekommt man für ein Geständnis?«, fragt die Journalistin und das Publikum lacht klatschend.

»Die geständigen Personen willigen ein, vorbestraft zu sein und Sozialdienst zu leisten.«

»Wenn Sie auf meine Frage nicht eingehen wollen, dann stelle ich Ihnen eine andere: Warum hat die Crime-Prediction-Software nicht vorhergesagt, dass sie falsche Daten von einer bestimmten Person erhalten wird?«

Eine gute Frage, aber um die Antwort kümmert sich nun Tag und Nacht das Spezialisten-Team.
Außerdem kann die Software nur das prognostizieren, für das sie entwickelt wurde oder was sie anhand vergangener Ereignisse bestimmten Verhaltensmustern zuordnen kann. Manipulation des eigenen Datenbestands

gehörte offensichtlich noch nicht dazu. Aber darüber zerbreche ich mir nicht den Kopf. Für mich ist alles geklärt, also ist das nicht mehr mein Problem. Ich weiß meine Zeit durchaus sinnvoller zu nutzen, schalte das Interview stumm, reduziere das Fernsehbild auf eine kleine Ecke meines Bildschirms und spiele weiter.

Kaum bin ich wieder im Spiel, entdecke ich eine Gruppe Neuankömmlinge, bei denen ich meinen Punktestand in kurzer Zeit erhöhen kann.

Ich schleiche mich an sie heran und gehe dabei immer wieder hinter Mauern in Deckung.

Plötzlich taucht ein Mann in einer Militäruniform vor mir auf.

»Hallo Mint«, höre ich die technisch verzerrte Stimme des Mannes in meinem Headset sagen. So viel zu Anonymität im Online-Spiel.

»Ich habe die Crime-Prediction-Software manipuliert. Du hast meinen Plan vereitelt, die ...«

»Die Weltherrschaft an dich zu reißen?« Ich lache.

»Deine Arroganz wird dir noch vergehen. Ich bin nicht mit dir fertig.«

Ich zucke lässig mit den Schultern und schieße der Spielfigur in die Brust, die sich daraufhin in Luft auflöst. »Ich bin aber mit dir fertig.«

Der Typ hat mir einen Mord anhängen wollen und jetzt ist er beleidigt, dass ich meine Unschuld beweisen konnte. Der hat sie doch nicht mehr alle.

Ich wollte gerade nur entspannt zocken und mich nicht voll labern lassen.

Das nervt jetzt echt. Ich brauche dringend eine noch bessere Ablenkung. Im Mini-Fernsehbild auf meinem Bildschirm sind die Wetternews zu sehen. Demnach ist das Interview beendet.

Ich logge mich aus dem Spiel aus und wähle die Nummer auf der Visitenkarte der Journalistin.

Nach nur zwei Mal Klingeln nimmt sie den Anruf entgegen.

»Ich hätte nun Zeit für intime Details.«

»Die VIP-Limousine des Fernsehsenders steht in zwanzig Minuten vor deiner Tür.«

Es ist toll, ich zu sein.